Und die Sonne scheint doch

Dieses Buch ist dem wichtigsten Menschen in meinem Leben gewidmet – meinem Mann. Ich liebe Dich für immer.

Mai 2014

C. P. Scott

Und die Sonne scheint doch

Bibliografische Information der Deutschen Nationalbibliothek
Die Deutsche Nationalbibliothek verzeichnet diese Publikation in
der Deutschen Nationalbibliografie; detaillierte bibliografische Daten
sind im Internet über http://dnb.dnb.de abrufbar.

2. Auflage
© 2014 C. P. Scott
Satz, Umschlaggestaltung, Herstellung und Verlag:
BoD – Books on Demand
ISBN 978-3-7357-0358-3

1

Gemächlich treibt das Schiff dahin, der Wind streift ihr durchs Haar. Die Sonne färbt sich rotorange am Horizont. Sie geniesst ihren Cocktail und lässt die Gedanken schweifen.

Plötzlich hört sie laute Musik, sie schreckt hoch. Wer stört hier ihre Ruhe? Verwirrt schaut sie um sich. Wo bin ich? Resigniert lässt sie sich in die Kissen zurückfallen. Mist, sie hat geträumt und der Radiowecker hat sie erbarmungslos aus ihrem schönen Traum gerissen. Sie blinzelt auf den Störenfried. Es ist sechs Uhr, Zeit aufzustehen. Sie streckt sich nach allen Seiten und gähnt herzhaft. Es kostet sie Überwindung, das warme Bett zu verlassen. Sie schlurft ins Bad und spritzt sich kaltes Wasser ins Gesicht. Sie betrachtet sich verschlafen im Spiegel. Ihr schwarzes, langes Haar steht struppig auf alle Seiten. Sie zieht sich ihr langes T-Shirt über den Kopf und geht unter die Dusche. Danach fühlt sie sich besser. Sie wickelt sich in das flauschige Badetuch und eilt zurück ins Schlafzimmer. Heute entscheidet sie sich für die marineblauen Leinenhosen mit dem dazugehörenden Blazer und eine schlichte weisse Bluse. Zügig zieht sie sich an und geht in die Küche. Sorgfältig bereitet sie das Frühstück für ihre Zwillinge vor.

»Ron, Ramona, aufstehen!«

Während sie eine Banane schält, schweifen ihre Gedanken durch den Tag. Heute ist die wichtige Sitzung mit den Weinproduzenten aus Nelson angesagt. Hoffentlich funktioniert alles einwandfrei. Sie schneidet die Banane in drei kleine Schüsseln und greift nach einem Apfel. Vor zwei Wochen gab der Projektor den Geist auf, der Chef war dermassen genervt und fingerte nervös an dem widerspenstigen Ding herum. Überall war Gekicher zu hören, peinlich … Wenigstens amüsierten sich die Gäste. Wen wundert's, das Teil ist dermassen veraltet. Sie fängt an, den Apfel zu zerkleinern. Sie hat ihrem Chef schon mehrmals geraten, ein moderneres Gerät zu kaufen. Schliesslich ist dies wichtig für sein Geschäft und er sollte als Vertreiber der hochwertigen Weine einen guten Eindruck hinterlassen.

»Mom, hörst du mir überhaupt zu?«

Ramona steht mit zerzaustem Haar in der Türe. Ihre blonden Locken kringeln sich wild um ihr Gesicht. Sie trägt wie ihre Mutter ein langes T-Shirt. Der Unterschied ist nur die Farbe. Ramona liebt Pink. Sie schaut ihre Mom vorwurfsvoll an.

»Ja Schatz, was ist denn?«

»Ich habe dich gefragt, ob wir heute Nachmittag schwimmen gehen dürfen. Wir haben doch schulfrei. Tamaras grosse Schwester kommt auch mit. Sie wird auf uns aufpassen.«

Jil lächelt. Ihre Tochter weiss genau, dass sie die Kinder nicht ohne Aufsicht an den Strand gehen lässt, und ist dankbar, dass Mandy bereit ist, ihre kleine Schwester und die Zwillinge zu begleiten.

»Ja, das ist eine gute Idee, das Wetter ist schön und warm. Bitte denkt daran, dass ihr eure Hausaufgaben zuerst erledigt. Ich komme heute um 17.15 Uhr nach Hause und wir können sie dann zusammen kontrollieren.«

»Juhui, das wird toll! Darf ich auch mein Frisbee mitnehmen?«, ruft Ron begeistert. Er steht hinter seiner Schwester und sieht ihr keck über die Schulter. Obwohl er nur 15 Minuten älter ist als seine Schwester, überragt er sie um gute 20 Zentimeter. Seine schwarzen, kurzen Haare stehen ihm wild vom Kopf.

»Klar, mein Schatz. So, nun aber vorwärts, die Zeit drängt. Wir müssen los.«

Die Kinder setzen sich vergnügt an den Tisch und essen genüsslich ihre Cornflakes mit Früchten und Milch.

In einer Stunde beginnt die Sitzung. Jil hat alles so weit vorbereitet. Sie lehnt sich auf ihrem Bürostuhl nach hinten und schliesst für einen Moment die Augen.

Sie liegt auf einem Badetuch und rekelt sich in der warmen Sonne. Ein Glas Weisswein steht neben ihr auf einem kleinen Tisch, das Schiff schaukelt über die Wellen. Delfine schwimmen elegant neben dem Schiff her und begleiten sie auf dieser schönen Reise. Vor ihr steht ein Gedicht von einem Mann. Sein muskulöser Oberkörper ist nackt. Er trägt eine schwarze, enge Hüftbadehose. Seine blauen Augen stechen aus seinem gebräunten Gesicht hervor, seine schwarzen Haare glänzen in der Sonne. Er lächelt ihr zu und …

»Frau Thomson, wo sind Sie denn mit Ihren Gedanken?«

Sie blinzelt verwirrt. Ihr Chef, Herr Pfeiffer, stolziert soeben ins Büro. Heute trägt er einen Nadelstreifenanzug in Schwarz, das hellgelbe Hemd spannt sich über seine Wampe, der senfgelbe Schlips ragt majestätisch darüber. Seine schwarz gefärbten Haare hat er streng nach hinten gekämmt und sie glänzen wie eine Speckschwarte. Die altertümliche Brille hängt ihm knapp auf der spitzen Nase.

Die braunen Augen zu Schlitzen zusammengekniffen, steht er breitbeinig vor ihr. Das Kinn verschmilzt mit seinem nicht mehr sichtbaren Hals.

»Nicht dass heute wieder der Projektor aussteigt. Ist alles vorbereitet? Getränke, Snacks, hallo?« Herr Pfeiffer schaut sie entrüstet von oben herab an, schüttelt den Kopf und stolziert mit seinem Trippelschritt davon.

Mein Gott, was für ein Ekelpaket. Ob der auch mal irgendwo Angestellter war? Na ja, der kann mich doch mal. Schliesslich war es nicht meine Schuld, dass der alte, vergammelte Projektor das letzte Mal ausgestiegen ist. Wo war ich soeben stehen geblieben? Relaxen …, die Sonne scheint mir auf den Körper, mein Mann cremt mir zärtlich den Rücken ein und ich geniesse …

Geschafft, 17 Uhr, schnell verschwinden, bevor dem nörglerischen Chef noch etwas in den Sinn kommt. Der Projektor hat, oh Wunder, wunderbar funktioniert. Die Weinproduzenten sind vergnügt vor einer halben Stunde abgezogen. Alle zufrieden, was will man mehr. Jil ist froh. Schnell räumt sie noch ihren Schreibtisch auf und schreitet zügig aus dem Haus. Herrlich, die Sonne scheint, es weht eine kühle Brise und sie freut sich auf ihre beiden Racker. Ob ich einen Abstecher machen und mir einen Becher Eis holen soll? Man gönnt sich doch sonst nichts, überlegt sie sich und steuert Richtung Eisdiele. Der Eismann lächelt wie immer freundlich. Die weisse Mütze sitzt schräg auf seinem Kopf, eine schwarze Locke hängt ihm frech in die Stirn. Die braunen Augen glänzen und sein Lächeln wirkt ansteckend. Mit seinen 1,90 Meter überragt er Jil bei Weitem. Sein Body zeugt von mehreren Stunden Training. Auch seine Oberarme sind sehr muskulös.

»Was darf es heute sein, Frau Thomson? Geht es Ihren Zwillingen gut?«

Der ist immer gut gelaunt. Man merkt, dass er seine Arbeit hier draussen an der Sonne geniesst. »Einmal Schokolade und Joghurt, bitte.«

Geschickt türmt er ihr die zwei gewünschten Kugeln auf eine knusprige Waffel. »Hier, bitte sehr. Kommen Sie doch wieder einmal mit Ron und Ramona vorbei. Es würde mich freuen«, erwidert er freundlich.

»Bestimmt, vielleicht am Wochenende.« Sie reicht ihm das Geld. »Tschüss und danke schön.«

Sie winkt ihm zu und läuft genüsslich schmatzend zu ihrem Fahrzeug. Toller Kerl, dieser Eismann. Sie lächelt vor sich hin.

»Mami, Mami, wir haben heute die Mathematikprüfung zurückerhalten.« Stolz streckt Ron ihr sein Ergebnis entgegen.

»Eine Eins! Super, mein Schatz. Du bist wie dein Dad der geborene Rechner. Schön, hast du toll gemacht, lass dich küssen.«

Sie küsst ihren Sohn schmatzend auf die Stirn. Demonstrativ streicht er über die Stirn. Küsse mag er nicht so besonders, er findet, er sei schon zu alt dafür. Aber sie sieht ihm seinen Stolz an.

»Wie war's beim Schwimmen? Hast du deinen Freund Jamiro getroffen?«

»Es war toll, wir haben zusammen Frisbee gespielt und die Mädchen geärgert.«

Verschmitzt schaut er sie an. Wie sehr er seinem Vater ähnelt! Manchmal tut es schon weh. Sie zerzaust ihm das Haar.

»Komm, wir wollen zusammen essen. Es ist so schön

draussen, lass uns spazieren gehen und ausnahmsweise zu Jimmy fahren. Wo ist eigentlich deine Schwester?«

»Cool! Ramona, Ramona, wir gehen zu Jimmy, komm, komm!«

Ramona schleicht um die Ecke.

»Was ist denn dir über die Leber gelaufen?« Ihr schwant Übles. Mathematikprüfung! Mit gesenktem Kopf kommt sie auf sie zu und versteckt hinter ihrem Rücken ihr Ergebnis. »Komm zeig her, es kann doch nicht so schlimm sein.« Beschämt zieht sie das Papier hervor und streckt es ihr entgegen. »Eine Drei, na ja, wir werden weiterhin fleissig üben.«

Sie streicht ihrer Tochter über die Wange. In Gedanken macht sie sich eine Notiz. Sie will sich unbedingt erkundigen, welcher Lehrer ihrer Tochter Nachhilfeunterricht in Mathe geben könnte.

Ramona schüttelt den Kopf. »Mami, ich verstehe es einfach nicht. Es kommen immer die Rechnungsaufgaben, welche wir nicht miteinander gelernt haben.«

Eine Träne kullert ihr über die Wange. Jil wischt sie weg und tröstet sie. »Wir werden schon zusammen eine Lösung finden. Ich kümmere mich darum. Man kann nicht in allen Fächern die Beste sein.« Sie weiss, wie ehrgeizig ihre Tochter ist. »Komm, lass uns gehen. Es ist so ein schöner Tag.«

Ramona strahlt schon wieder wie ein Honigkuchenpferd, drückt ihre zierliche Hand in die der Mutter und zieht sie nach draussen.

Ron wartet bereits ungeduldig, hat seine Hände in den Hosentaschen vergraben, schaut gelangweilt und kickt ein Steinchen weg. »Kommt ihr endlich?« Wild springt er voraus.

»Puh, Mami, jetzt habe ich aber zu viel gegessen«, stöhnt Ron und schleicht neben Jil her.

»Habt ihr viele Hausaufgaben erhalten?« Zusammen steigen sie die Treppe zu ihrer Wohnung hinauf.

Ramona strahlt: »Nö, wir müssen bis morgen eine Geschichte über irgendein Tier schreiben. Tamara und ich haben dies bereits am Strand geschrieben. Willst du sie lesen?«

»Na klar, mein Schatz, was hast du denn für ein Tier ausgesucht?«

»Ich habe eine Geschichte über ein Känguru geschrieben«, erzählt sie stolz.

»Ron, für was für ein Tier hast du dich entschieden?«

»Och, Mami, dieser blöde Aufsatz. Ich hatte so viel mit Jamiro zu besprechen. Wir wollen ein neues Flugzeug basteln.«

Jil öffnet die Wohnungstüre. Ramona zwängt sich an ihr vorbei, um ihren Aufsatz zu holen.

»Komm, wir setzen uns hin und versuchen es zusammen«, sagt Jil zu ihrem Sohn und schiebt ihn ins Wohnzimmer. »Welches Tier würde dir gefallen?«

»Ich mag Tiger«, kommt es wie aus der Pistole geschossen.

»Gut, was fällt dir zu einem Tiger ein?« Ramona rennt ins Zimmer und streckt ihren Aufsatz über die Kängurus stolz ihrer Mutter entgegen. »Lies, Mom.«

»Was, so viele Seiten hast du geschrieben? Schön, Ramona, das ist toll.«

Sie freut sich riesig über das Lob. Gespannt liest Jil ihren Aufsatz und staunt immer wieder, wie gewandt ihre Tochter mit den Wörtern umzugehen weiss.

»Wirklich hervorragend, Ramona.«

Mit roten Backen und voller Stolz zieht sie ab. Ron boxt sie in die Seite. Jil runzelt die Stirn.

»Nein, mein Sohn, das ist nicht nett von dir. Es hat jeder seine Stärken. Denk doch mal an deine Mathematiknote.«

Beschämt senkt Ron seinen Kopf. »So, wir wollen nun deinen Aufsatz über den Tiger beginnen. Erzähl mir einmal, was dir dazu einfällt.«

Irgendwo hier muss es doch sein. Wo habe ich denn diesen Brief hingelegt? Sie kramt in ihrer Schublade. Ein Lächeln huscht über ihr Gesicht. Sie sieht in Gedanken ihren Mann im Türrahmen stehen, verschmitzt grinsend und den Kopf schüttelnd. Eigentlich hat ja alles seinen Platz, aber manchmal findet sie komischerweise trotzdem etwas nicht auf Anhieb. Dies war immer ein Diskussionspunkt zwischen ihnen. Er mit seinem Ordnungssinn fand ihr durchdachtes System zu chaotisch.

Es ist wieder einmal Büroarbeit angesagt. Die Kinder sind am Strand. Verträumt schaut sie auf das Bild ihres verstorbenen Mannes. Wenn du doch nur bei uns wärst. Schnell wischt sie die Gedanken weg und arbeitet fleissig weiter. Es ist so ein schöner sonniger Tag und sie will so rasch als möglich den Kindern an den Strand folgen. Energisch steht sie auf und lässt das Durcheinander auf dem Tisch liegen.

»Ramona, fang auf!«, schreit Ron durch die Menge. Heute ist aber auch viel los hier am Strand. Jeder möchte den schönen Tag geniessen.

»Schau, da kommt Mami!«, schreit Ramona zurück. Das Frisbee fliegt unbeachtet an ihrem Kopf vorbei. Gemeinsam laufen sie ihrer Mutter entgegen und umarmen sie stürmisch.

»Mami, kommst du mit mir ins Wasser?«, schreit Ron.

»Mami, bauen wir eine Sandburg?«, übertönt Ramona ihren Bruder.

»Halt, halt, Kinder, eines nach dem anderen. Lasst mich zuerst meine Sachen abstellen«, sagt sie und lächelt. In diesem Moment ist ihr klar, dass sie dank ihren Kindern den schmerzlichen Verlust eines Tages überwinden wird. Gemeinsam verbringen sie einen wunderschönen Tag am Strand.

»Mami, liest du uns heute Abend die Geschichte vom kleinen Muck vor?«, bittet Ramona.

Der Morgen dämmert, ein Windstoss schlägt das Fenster zu. Regentropfen klatschen an die Scheiben. Schlaftrunken steht Jil auf und schliesst das Fenster. Heute ist Sonntag, schnell steigt sie zurück unter die warme Decke.

»Mami, Mami, gehen wir heute an den Strand?«

Schläfrig öffnet sie die Augen und sieht Ron fragend neben ihrem Bett stehen. Ein Blick auf den Wecker zeigt ihr an, dass es genau sieben Uhr ist. Stöhnend versucht sie ihrem Sohn zu erklären, dass es noch sehr früh ist und er nochmals ins Bett kriechen soll. Beleidigt zottelt er ab. Sie dreht sich um und kuschelt sich in ihre Decke.

Um 8.15 Uhr erwacht Jil, streckt sich und steigt aus dem Bett. Tatsächlich ist sie noch einmal eingeschlafen. Im Wohnzimmer scheinen ihre Kinder bereits am Spielen zu sein. Sie hört Wortfetzen wie: »Du bist dran, mach mal!« Auf ihrem roten, überlangen T-Shirt kaut Bugs Bunny eine orangene Karotte. Barfuss tappt sie ins Wohnzimmer.

»Na, Kinder, was spielt ihr Schönes?«

Ramona springt auf, fällt ihr um den Hals. »Mami, es regnet. Wir können heute nicht an den Strand gehen, oder?«

»Nein, mein Schatz. Wollen wir eine Runde zu dritt spielen? Und danach denken wir uns was Tolles aus. Was würde euch Spass bereiten?«

»Monopoly«, schreit Ron.

»Stadt, Land, Fluss«, kräht Ramona.

2

Eine hektische Woche neigt sich dem Ende zu. Herr Pfeiffer hat es heute wieder sehr gut gemeint mit Arbeit. Schon als sie am Morgen ins Büro kam, lagen überall Dokumente verstreut auf ihrem Pult. Wie sie es hasste. Für was hat sie eigentlich ein Fach mit »Eingang« beschriftet? Auf ihrem Pult war ein Riesendurcheinander. Ärgerlich raffte sie alles zusammen und schmiss es in die besagte Kiste. »So wäre dies gedacht«, murmelte sie laut vor sich hin.

Sie hat sich den ganzen Tag rangehalten und soeben fischt sie das letzte Dokument raus und liest mit gerunzelter Stirn das gelbe Post-it, das Herr Pfeiffer draufgeklebt hat. »Bitte besprechen« leuchtet ihr mit dickem rotem Filzstift ge-kritzelt entgegen. Na super. Sie schaut auf die Uhr. 16 Uhr vorbei. Jetzt muss sie sich aber sputen, wenn sie dies noch vor dem Feierabend erledigen will.

Sie steht ruckartig auf. Ihr Stuhl rollt nach hinten. Sie rennt zum Chefbüro und klopft energisch an. »Ja, bitte«, brummelt ihr Chef hinter der Türe. Sie verdreht die Augen und tritt ein. Über den Brillenrand schaut ihr Chef gelangweilt auf.

»Sie haben mir hier dieses Dokument mit ›Bitte bespre-chen‹ hingelegt.« Sie streckt den Wisch ihrem Chef entgegen.

»Ach ja, wissen Sie eventuell, wo ich die Unterlagen von Herrn Douglas hingelegt habe?«

»Da liegen sie doch.« Sie zeigt auf einen Stapel Papiere, der gefährlich schwankend auf dem Fenstersims aufragt.

»Wieso sagen Sie das nicht gleich?!«, meckert er herum.

»Was ist mit diesem Schreiben?« Sie wedelt ungeduldig mit dem Dokument, welches sie immer noch in den Händen hält.

»Das wollte ich zu den Unterlagen von Herrn Douglas legen.« Elegant legt er das Dokument obendrauf.

Das war schon alles? Sie kann es kaum glauben und kehrt sich eilig Richtung Türe um. »Falls Sie sonst keine dringenden Erledigungen für mich haben, würde ich dann für heute gerne Feierabend machen.«

»Dann verschwinden Sie halt«, brummelt ihr Chef.

Mein Gott, was ist eigentlich mit Herrn Pfeiffer los? Seine schlechte Laune in letzter Zeit ist nicht mehr zu übersehen. Ob ich ihn mal darauf ansprechen soll?, überlegt Jil und eilt in ihr Büro zurück.

Ihr Schlüssel steckt noch nicht im Schloss, da wird von innen die Türe ruckartig aufgerissen. Erschrocken tritt sie zurück.

»Mami, Mami, wir haben heute unseren Aufsatz zurückerhalten.« Ramona streckt ihr stolz ihren Aufsatz entgegen.

»Wow, eine Eins – ich bin so stolz auf dich!«

Ron steht hinter seiner Schwester und trippelt ungeduldig von einem Fuss auf den anderen. Er kann jetzt nicht mehr länger warten, drängelt sich vor und streckt seiner Mutter seinen Aufsatz entgegen.

»Eine Zwei, toll! Siehst du, es hat sich gelohnt, sich einen Moment Zeit zu nehmen. Ihr seid die Besten. Lasst uns dies feiern und mit den Rädern zum Eismann fahren. Er würde sich freuen, euch wieder einmal zu sehen.«

Die Kinder klatschen in die Hände und rasen davon, um die Räder zu holen.

Es ist 22 Uhr. Jil sitzt an ihrem Schreibtisch und betrachtet das Foto ihres verstorbenen Mannes. »Wenn du doch nur bei uns sein könntest!« Eine Träne kullert ihr über die Wangen. Schnell wischt sie sie weg und stellt den Computer an. Sie sucht nach einem geeigneten Mathelehrer für ihre Tochter. Plötzlich erinnert sie sich an ihre letzte Schulklasse. Tim, ihr heimlicher Schwarm. Wie war auch gleich sein Familienname? Bennett, genau, Tim Bennett. Er war immer der Beste in Mathe und wollte später Lehrer werden. Mal schauen ob er seinen Wunsch umgesetzt hat und irgendwo zu finden ist oder ihr einen geeigneten Lehrer in der Nähe empfehlen kann. Sie schwärmte mehrere Jahre für ihn, doch er wollte nichts von ihr wissen. Sie war viel zu scheu, ihn anzusprechen. Ihre beste Freundin Jessy hatte sie immer damit aufgezogen. Sie fand ihn angeberisch und doof. Na gut, er war schon sehr selbstbewusst und hat sich immer aufgespielt. Doch irgendwie hatte seine Art ihr immer imponiert. Sie wäre in der Schule auch gerne ein wenig selbstbewusster gewesen. Sie macht sich auf die Suche nach der letzten erhaltenen Adressliste ihrer Schulkameraden.

Die Türglocke klingelt. Wer ist denn das um diese Zeit? Jil schaut auf die Uhr: 23 Uhr. Mit schnellen Schritten geht sie zur Tür und öffnet sie vorsichtig einen Spalt. Ein Polizeibeamter streckt ihr seine Marke entgegen.

»Inspektor Preston, entschuldigen Sie die späte Störung, Ma'm.« Sie öffnet verwirrt die Türe und lässt den Beamten rein. »Können wir uns setzen, Mrs. Thomson?«, fragt Preston vorsichtig.

»Was ist denn passiert? Ist etwas mit meinem Mann?«

»Mrs. Thomson, leider muss ich Ihnen mitteilen, dass Ihr Mann tödlich verunglückt ist …«

Sie schreckt hoch, ihr Herz rast. Schon wieder diese Albträume. Seit nun bald sechs Jahren passiert es immer wieder. Sie wird diesen Moment nie vergessen. Jil steht auf und holt sich ein Glas Wasser. Wie nur hat sie diese schwere Zeit mit zwei kleinen Kindern überstanden? Sie lässt sich aufs Bett plumpsen. Gott sei Dank waren ihre Schwiegereltern immer für sie und die Kinder da. Sie und ihr Schwiegervater Mike sen. konnten sich um alles kümmern, während ihre Schwiegermutter Emily auf ihre Zwillinge achtgab. Sie könnte eigentlich Em und Mike sen. dieses Wochenende zu einem Barbecue einladen. Sie greift nach einem Stift und kritzelt eine Erinnerungsnotiz auf eine alte Zeitung neben dem Bett. Sie kuschelt sich unter die Decke und greift mit ihrer Hand nach rechts ins Leere. Nur ein kaltes Bettlaken ist zu spüren. Eine Träne kullert ihr über die Wangen. Sie vermisst Mike so sehr. Energisch dreht sie sich auf die andere Seite und kneift die Augen fest zusammen. Irgendwann ist sie dann wieder eingeschlafen.

»Kinder, ich habe mir gedacht, wir könnten dieses Wochenende Gran und Grandpa zum Barbecue einladen. Was meint ihr?«, fragt sie ihre Kinder beim Frühstück.

»Au ja!«, schreien beide und hüpfen auf dem Stuhl rauf und runter. Sie lieben die Grosseltern sehr.

»Wollen wir zusammen einen Kuchen backen?«

»Bitte Schokoladenkuchen, Mami!«, brüllen sie wie im Chor.

Jil lächelt. »Da seid ihr euch immer einig! Gut, ich werde heute nach der Arbeit alles Nötige einkaufen. Ihr könnt nach der Schule ein schönes Bild zeichnen. Wir werden sie heute Abend damit überraschen und ihnen die Einladung persönlich überbringen.«

Mike sen. döst vor sich hin, die Zeitung liegt auf seinen Knien und seine Lesebrille hängt schief auf seiner Nase. Leise schnarcht er vor sich hin. Emily betrachtet ihren Mann zärtlich. Seit über 40 Jahren sind sie nun ein glückliches Paar. Schade, dass ihr Sohn dies nicht auch erleben durfte. Verstohlen wischt sie sich eine Träne aus dem Augenwinkel und strickt fleissig weiter.

Die Türklingel schrillt. Mike sen. schreckt hoch und seine Brille fällt zu Boden. »Wer ist das denn?«, fragt er seine Frau. »Ich schaue nach.«

Er schlüpft in seine Pantoffeln und erhebt sich. Er schielt durch den Türspion und sieht seine Schwiegertochter mit den Zwillingen vor der Türe stehen. Freudig, mit einem Lächeln auf den Lippen, öffnet er die Tür.

»Grandpa, Grandpa!«, kreischen seine Enkelkinder und umarmen ihn stürmisch.

»Nicht so wild«, schmunzelt er und weicht einen Schritt zurück.

»Hallo, Mike, ich hoffe, wir stören nicht?«, fragt seine Schwiegertochter.

»Ihr stört doch nie. Wir freuen uns immer, wenn ihr uns besuchen kommt. Tretet ein!«

Dies lassen sich die Kinder nicht zweimal sagen und sie rennen voraus ins Wohnzimmer.

»Gran, wo bist du?«

Emily stopft ihre Handarbeit eiligst unter das Sofa. Es soll doch eine Überraschung für die Kinder werden. Schon wird sie stürmisch umarmt.

»Schau mal, Gran, wir haben euch eine schöne Zeichnung mitgebracht.« Stolz hält Ron ihr seine Zeichnung entgegen.

»Hi, Jessy, hier spricht Jil Davis.«

»Jil, die Jil? Mein Gott, wie lange ist es her? Wie geht es dir? Was machst du? Wo lebst du? Wie hast du mich gefunden? Bist du gesund? Ist etwas passiert?«, sprudelt es aus Jessy heraus.

Jil schmunzelt vor sich hin. Sie ist immer noch die Gleiche. »Mir geht es gut. Ich heisse jetzt ›Thomson‹. Ich wollte dich schon so lange einmal suchen und anrufen. Bist du immer noch solo?«

»Ich kann es nicht glauben. Jil, meine Jil!«

Jessy ist ganz ausser sich vor Freude. Ihre beste Freundin aus Kindertagen. Wieso hatten sie sich eigentlich aus den Augen verloren? Sie grübelt darüber nach. Zuerst zog Jil mit ihren Eltern fort. Lange haben sie sich noch geschrieben. Danach zog sie für eine Zeit nach Kanada, weil sie bei ihrem Auslandsaufenthalt in Kanada einen tollen Typen kennengelernt hatte. Wie hiess er noch gleich? Carter, genau, Carter! 1,96 Meter gross, muskulös, braune, kurz geschnittene Haare, einen Adler auf dem Unterarm tätowiert, einfach nur zum Anbeissen. Damals stellte sich die Frage, ob sie überhaupt wieder nach Hause kommen würde. Es war eine schöne, intensive Zeit in Kanada. Leider verlor sie jedoch den Kontakt zu Jil.

»Hallo, Jessy, bist du noch dran?«, hört sie Jil fragen.

»Klar, entschuldige, ich war gerade in Gedanken vertieft.«

Jil erklärt ihr: »Ich habe mich auf die Suche nach unserer letzten Klassenliste gemacht, eigentlich um Tim zu suchen. Du erinnerst dich doch bestimmt an Tim, oder? Da bin ich auf deinen Namen gestossen und habe mich gefragt, wieso wir eigentlich den Kontakt zueinander verloren haben. Ich habe deine Briefe hervorgenommen und bei deinen Eltern angerufen. Deine Mutter gab mir dann deine neue Anschrift bekannt. So habe ich dich gefunden. Du wohnst ja ganz in der Nähe deines Elternhauses.«

»Oh ja, du musst unbedingt herkommen. Es ist wunderschön geworden. Ich habe Platz für deine ganze Familie. Hast du überhaupt Kinder? Das ist die Überraschung des Tages. Ich kann es nicht fassen, wir müssen uns unbedingt treffen. Wo sagtest du noch mal lebst du heute? Du hast also geheiratet? Schon lange? Seid ihr glücklich? Ich habe dir so viel zu erzählen. Weisst du noch, Carter aus Kanada? Oh, das war eine stürmische Zeit!«

Jil kichert leise vor sich hin. Jessy wird sich wohl nie ändern. Schon damals war sie die Quirlige, quasselte am laufenden Band und wollte immer alles genau wissen.

»Wir müssen uns unbedingt einmal besuchen, dann können wir so richtig quatschen.«

»Jessy, es hat einen bestimmten Grund, wieso ich Tim gesucht habe.«

Jessy bekommt einen Lachanfall. »Tim – sag nur, du schwärmst immer noch für diesen Idioten!« Jessy kann sich nicht mehr halten und gackert lauthals vor sich hin.

»Nein, nein«, wendet Jil ein. »Es geht um meine Tochter. Weisst du, wo Tim lebt und ob er Mathelehrer geworden ist? Ich habe leider nichts über ihn herausgefunden.«

Jessy überlegt. »Nö, da kann ich dir leider nicht helfen. Ich habe keine Ahnung, was er macht und wo er steckt. Aber ich werde mich umhören. Weisst du, ich habe heute noch Kontakt zu Ben. Erinnerst du dich noch an Ben? Unser kleiner Sonnyboy mit den blonden Locken? Du glaubst es nicht. Ich war auf einer Fete eingeladen und wer läuft mir da über den Weg? Ben. Wir haben uns toll unterhalten. Er sieht noch genau gleich aus und ist kaum gewachsen. Man könnte meinen, er ist in der Pubertät stecken geblieben. Na ja, ich bin ja auch nicht besonders gewachsen. Er scheint noch einige von unseren ehemaligen Schulkameraden zu kennen. Er wollte immer eine Klassenzusammenkunft auf die Beine stellen. Scheinbar bis heute ohne Erfolg. Ich werde ihn fragen und dir so rasch als möglich Bescheid geben.«

»Das wäre toll. Ich suche für meine Tochter einen Nachhilfelehrer für Mathe. Da ist mir sofort Tim in den Sinn gekommen. Vielleicht kann er mir jemanden hier in der Nähe empfehlen.«

»Ich melde mich bald, versprochen! Aber danach müssen wir uns unbedingt besuchen. Komm doch mal mit deiner Familie ein paar Tage zu mir. Ich habe genügend Platz«, schlägt Jessy vor. »Wo wohnst du überhaupt?«

»Das wäre eine tolle Abwechslung und würde mich freuen. Ich denke, so fünfeinhalb Stunden Fahrt müsste ich schon rechnen. Gib mir doch Bescheid, wann es dir am besten passt. Die Kinder haben sowieso bald Ferien. Ich freue mich sehr, dass ich dich endlich angerufen habe.«

»Und ich erst«, kontert Jessy. »Also, ich rufe jetzt gleich Ben an. Du wirst schneller wieder von mir hören, als dir lieb ist. Mach's gut und bis bald!«

»Vielen Dank, Jessy, und bis bald. Ich freue mich!«

Jil war froh, den Schritt gewagt zu haben. Es ist nicht einfach, nach so langer Zeit eine alte Freundin anzurufen. Obwohl sie es schon immer schade fand, dass sie sich aus den Augen verloren hatten. Sie waren doch unzertrennlich. Komisch, wie das Leben manchmal spielt. Sie freut sich jetzt schon, Jessy wiederzusehen. Lächelnd erhebt sie sich und schaut nach ihren Kindern.

3

Jil sitzt mit ihren Kindern im Wohnzimmer und spielt Karten, als das Telefon klingelt. Ron springt auf und rennt zum Telefon.

»Mami, für dich!« Er trottet ins Wohnzimmer und reicht es ihr.

»Hallo?«, fragt sie interessiert.

»Jil, hi, hier ist Jessy. Was war denn das für ein süsser Fratz? Den muss ich unbedingt kennenlernen! Wie viele Kinder hast du eigentlich? Da fühle ich mich richtig alt. Ich habe gute Nachrichten für dich. Ich weiss, wo Tim wohnt, und noch einiges mehr. Komm doch nächstes Wochenende mit deiner Familie zu mir, dann können wir zusammen quatschen. Ich gebe dir dann auch alle News über Tim bekannt und was es sonst noch alles zu besprechen gibt. Ich würde mich sehr freuen!«

Jil überlegt kurz, wieso eigentlich nicht. Tapetenwechsel täte allen gut. Die Kinder haben nun Ferien und würden sich sicherlich freuen. Wie Jessy erzählt hat, hat sie Pferde. Da wird Ramona besonders begeistert sein. Ob mir Herr Pfeiffer freigeben wird? Dann könnten wir schon am Freitag oder Donnerstag fahren.

»Hallo, bist du noch da?«, ertönt Jessys Stimme.

»Ja, entschuldige, habe mir gerade Gedanken gemacht, ob sich dies einrichten liesse. Ich frage morgen meinen Chef und gebe dir dann Bescheid. Toll wäre es schon. Die Kinder würden sich sicher freuen.«

»Was, arbeiten tust du auch noch?«, fragt Jessy verwundert. »Und wo ist dein Mann? Den möchte ich natürlich auch kennenlernen!«

»Das erkläre ich dir dann alles, wenn es klappt. Ich könnte, wenn es dir recht ist, eventuell schon Donnerstag oder Freitag anreisen.«

»Natürlich, du kannst kommen, wann du willst. Je schneller, umso besser. Ich kann es kaum erwarten.«

»Drück mir die Daumen. Noch einen schönen Sonntag. Bis morgen!« Jil ist total aufgeregt.

»Wer war denn das?«, fragte Ron erstaunt.

»Meine beste Freundin aus Kinderzeiten. Ich habe euch doch schon oft von Jessy erzählt. Glücklicherweise habe ich durch ihre Mutter die neue Adresse erhalten und sie so wiedergefunden. Sie möchte uns das nächste Wochenende zu sich einladen. Sie wohnt ganz in der Nähe, wo ich aufgewachsen bin.«

»Au ja, Mami!«, rufen beide erfreut.

»Wir haben doch jetzt bald Ferien«, ergänzt Ramona.

»Ich muss morgen zuerst meinen Chef fragen. Da ihr zwei übernächste Woche mit Gran und Grandpa in die Ferien fahrt, könnte ich dann immer noch länger arbeiten, wenn es nötig ist. Mal schauen.«

»Hat sie auch Kinder?«, fragt Ramona interessiert.

»Ehrlich gesagt weiss ich überhaupt nichts von ihr. Wir haben uns schon so lange nicht mehr gehört oder gesehen. Wir werden das alles am nächsten Wochenende erfahren. Sofern es klappt.«

Die Kinder klatschen vor Freude in die Hände. Ein paar Tage ausspannen täte ihr und den Kindern gut. Mit Jessy schwatzen wäre sicher unterhaltsam und spannend. Wie es ihr wohl so ergangen ist in letzter Zeit? Ob sie glücklich ist? Sie hatten es immer lustig zusammen. Es wird schon klappen. Was sie mir wohl alles zu erzählen hat? Ob ihr Traummann Carter aus Kanada jetzt mit ihr zusammenwohnt?

»Mami, du bist dran!« Ron stupst sie energisch an.

»Kommt, Kinder, wir müssen los, wenn wir rechtzeitig ankommen wollen.«

»Mami, darf ich mein Mountainbike mitnehmen?«, bettelt Ron.

»Nein, mein Schatz, wir haben keinen Platz dafür. Vielleicht hat Jessy ein Rad für dich. Ansonsten geht es auch einmal ein Wochenende ohne Rad!«

Es hat geklappt, ihr Chef hat ihr, oh Wunder, wenigstens einen Tag freigegeben. Jessy hat ihr den Weg beschrieben, alles ist verstaut und sie können los. Jil freut sich riesig. Das wird bestimmt lustig, ist sie überzeugt.

Das Wiedersehen war sehr herzergreifend gewesen. Obwohl sie sich beide verändert haben und älter geworden sind, haben sie sich sofort wiedererkannt und sind sich in die Arme geflogen. Ihre Kinder freuten sich, endlich die »berühmte« Jessy kennenzulernen. Sie hatte ihnen schon so viel von ihr erzählt. Aber vor allem freuten sie sich über Bambu. Schliesslich lagen sie ihr immer in den Ohren, dass sie gerne auch einen Hund hätten.

Lautes Gelächter hallt durch die Nacht. Ein wunderbarer, lauer Abend hat Jil und Jessy dazu bewogen, bis in die Nacht draussen zu sitzen und zu quatschen. Die Kinder sind längst im Bett.

»Morgen könnten wir mit den Kindern ausreiten. Was meinst du?«, fragt Jessy.

»Oh, das wäre toll. Ramona ist so ein Pferdenarr. Sie sind aber noch nicht oft auf einem Pferd gesessen«, gibt Jil zu bedenken.

»Ach, kein Problem, das lernen die schnell«, ist Jessy überzeugt. »Du wirst sehen, im Handumdrehen reiten sie uns davon. Sei unbesorgt!«

»Es würde mir schon Spass bereiten. Ich bin schon viele Jahre nicht mehr auf einem Pferd gesessen. Weisst du noch, wie wir immer mit deinem Bruder Rennen veranstaltet haben? Er hat uns immer gewinnen lassen, obwohl wir beide wussten, dass er schneller war. Wie geht es eigentlich deinem Bruder?«, fragt Jil.

Jessy grinst breit. »Er kommt übermorgen vorbei. Er bringt seine ganze Familie mit.«

»Oh, das freut mich.«

Jil ist momentan sehr glücklich und entspannt. Sie hätte schon länger einmal diesen Schritt wagen sollen. Ihr hat die Zweisamkeit mit Jessy gefehlt. Die Landschaft hier ist traumhaft. So hatte sie sich immer ein Leben mit ihren Kindern und ihrem Mann gewünscht. Ein gemütliches Zuhause mit viel Land und Platz für ein paar Tiere. Wäre ihr Mann nicht gestorben, hätten sie sich diesen Traum bestimmt verwirklicht. Umso mehr geniesst sie nun die Tage bei ihrer Freundin Jessy. Auch die Kinder waren heute den ganzen Tag ausgelassen. Ron schien so richtig glücklich und strahlte über das ganze Gesicht. Sie überlegte sich, aufs Land zu ziehen. Es musste ja nicht ein eigenes Haus mit Garten sein. Das konnte sie sich niemals leisten. Aber vielleicht ergab sich sonst eine Möglichkeit. So sehr hing sie nun auch nicht an ihrem jetzigen Job. Die Launen ihres Chefs waren manchmal wirklich unerträglich. Ob sie mal mit Jessy darüber reden sollte? Sie wollte jedoch keine Almosen, nur weil ihre Freundin aus einer wohlhabenden Familie stammt.

»Aufstehen, aufstehen!« Ramona schüttelt ihren Bruder unsanft. Sie ist schon lange wach und hat sehnsüchtig gewartet, bis die Sonne aufging. Nun hält sie es nicht mehr länger aus. »Komm schon, du Schlafmütze!«

Ron brummelt und dreht sich auf die andere Seite. Ramona hat keine Lust mehr, auf ihren faulen Bruder zu warten. Barfuss, in ihrem roten, mit lustigen Clownsgesichtern bedruckten Nachthemd und zerzaustem Haar schleicht sie auf den Flur und öffnet leise die Zimmertür ihrer Mutter.

Jil liegt in ihrem Bett und ist in ein spannendes Buch vertieft. Vor lauter Aufregung konnte sie nicht mehr schlafen. Vorsichtig wird die Türe geöffnet und ihre Tochter streckt die Nase hinein.

»Mami, bist du wach?«, fragt sie leise.

»Komm nur rein, mein Schatz. Ich bin am Lesen. Bist du schon aufgestanden? Es ist noch sehr früh.«

Ramona kuschelt sich zu ihrer Mutter unter die Decke. Sie sieht glücklich aus, denkt Ramona. Jil legt das Buch auf die Seite. Sie unterhalten sich leise, kichern und freuen sich auf den heutigen Tag.

Zur selben Zeit an einem ganz anderen Ort. Jack wälzt sich im Bett. An Schlaf ist nicht mehr zu denken. Wie lange ist es nun her, als er Jil das letzte Mal gesehen hat? Mein Gott, und gestern rief ihn seine Schwester an, ob er nicht Lust hätte, am Sonntag zu Besuch zu kommen. Er wunderte sich schon ein wenig darüber, wieso seine Schwester ihn für Sonntag einladen wollte. Was führt sie nun wieder im

Schilde? Als sie dann so nebenbei erwähnte, Jil sei bei ihr, dachte er, er habe sich verhört. »Wer ist bei dir?«, fragte er ungläubig zurück. Seine Schwester kicherte und wiederholte doch tatsächlich denselben Namen. Erst jetzt kommt es ihm in den Sinn, dass sie gar nicht erwähnt hat, ob sie mit ihrer Familie angereist ist. Ob sie verheiratet ist und Kinder hat?

Die Sonne zeigt sich zaghaft am Horizont. Heute wird wieder ein schöner und heisser Tag. Ob er heute mit Joshua schwimmen gehen soll? Heute wäre sicher weniger los als sonntags. Seine Mutter Grace würde sie sicher gerne begleiten. Wie sie wohl aussehen wird? Er schwärmte mit 13 schon für sie. Ihre langen schwarzen Haare, zusammengebunden zu einem Zopf, ihre schönen, glänzenden grünen Augen, immer für Spässe zu haben, aber trotzdem eher schüchtern. Als sie dann ins Teenageralter kamen, hat er sich immer wieder Mut zuzusprechen versucht, um sie einmal für ein Date zu fragen. Er hatte es nie geschafft, und dann war es zu spät. Sie ist mit ihrer Familie fortgezogen. Das Neueste über sie erfuhr er immer von seiner Schwester. Bis diese den Kontakt verlor. Er hätte nie gedacht, wieder von ihr zu hören. Er freut sich auf morgen, ist aber jetzt schon ein wenig nervös.

Langsam erwacht der Tag, er setzt sich auf und streckt sich ausgiebig. Leise schleicht er aus seinem Zimmer und geht ins Bad. Als er wieder ins Zimmer zurückkommt, bewegt sich seine Bettdecke. Leises Glucksen ist zu hören. Vorsichtig schleicht er sich ran, packt die Decke und zieht sie mit einem Ruck beiseite.

»Och, Dad, du bist aber auch ein Spielverderber«, mault Joshua und setzt sich auf. Jack packt seinen Sohn und kitzelt ihn aus. Sie albern rum, bis beide ausser Atem sind.

»Wollen wir heute zusammen schwimmen gehen?«, fragt Jack seinen Sohn.

»Was für eine Frage, klar!«, antwortet Joshua kleinlaut.

Jil sitzt kaum auf ihrem Pferd, schon fühlt sie sich wie zu Hause. Ihr ist dieses Gefühl so vertraut. Ron beäugt misstrauisch sein Pferd. Ein schwarzer Wallach mit glänzendem Fell steht ruhig neben ihm.

»Du musst keine Angst haben. Calero ist sehr zutraulich und mein Bester«, versucht Jessy Ron zu beruhigen.

»Ich bin nicht ängstlich«, erwidert er energisch. Sie hilft ihm hoch und führt Calero langsam am Zügel ein Stück vorwärts. Vorsichtig drehen sie ein paar Runden.

Ramona ist in ihrem Element. Obwohl es schon eine Zeit her ist, weiss sie noch genau, wie sie sich bewegen muss. Sie und ihre Mutter reiten ein Stück den Fluss entlang.

»Mami, es ist so toll!«, ruft Ramona.

Jil beobachtet ihre Tochter. Mein Gott, wie glücklich sie aussieht. Sie strahlt richtig.

Ein wenig geschafft, mit roten Wangen und wehendem Haar steigt Jil von ihrem Pferd herunter. Sie fühlt sich wunderbar. Zusammen mit Jessy und ihren Zwillingen striegeln sie die Pferde und führen sie auf die Koppel. Zu viert kehren sie zum Haus zurück. Sie haben noch viel vor heute. Der Schokoladenkuchen muss gebacken werden. Die Kinder wollen Wildblumen als Tischdekoration pflücken und Jil hat Jessy versprochen, dass sie ihre speziell leckere Barbecue-Sauce mixen wird. Jil freut sich auf morgen. Sie ist sehr auf Jack und seine Familie gespannt.

Ron und Ramona pflücken bereits auf dem Nachhauseweg die schönsten Blumen. Jil beobachtet ihre Kinder. Jessys Hund

Bambu springt von einem Kind zum Anderen und bellt. Er liebt Kinder und freut sich über die Abwechslung. In diesem Moment wirft Ron den Tennisball, so weit er kann. Bambu rast hinter dem Ball her und versucht ihn noch in der Luft zu schnappen. Dies misslingt, der Ball fällt ihm auf die Schnauze und rollt davon. Bambu sieht drollig aus mit seinen weissen Pfoten und dem schwarzen, flauschigen Fell.

»Sag mal, Jessy, was ist Bambu eigentlich für eine Rasse?«

Jessy kichert. »Keine Ahnung, irgend so eine Strassenmischung. Ich habe ihn im Tierheim gefunden. Er wurde einfach auf der Strasse ausgesetzt, und ein aufmerksamer Autolenker hat ihn aufgegriffen und ins Tierheim gebracht. Es ist scheinbar die Rasse Hovawart darin enthalten, hat mir die Tierärztin erklärt. Aber weisst du, für mich ist dies nicht wichtig. Ich habe mich gefreut, dass ich ihn zu mir holen konnte. Es gefällt ihm bei mir, ich habe viel Spass mit ihm, und jetzt, wo deine Kinder da sind, ist er happy.«

»Ich habe mir auch schon gewünscht, für meine Kinder einen Hund zu kaufen. Doch solange ich im Büro arbeite, ist dies nicht möglich. Die Kinder wünschen sich so sehr einen Hund«, erzählt Jil.

»Bist du eigentlich an deinen Wohnort und deinen Job gebunden? Vielleicht solltest du dir einmal überlegen, ob du nicht einen Umzug in Betracht ziehen solltest.«

Jessy schaut sie von der Seite an und runzelt die Stirn. Jil fragt sich, ob Jessy Gedanken lesen kann.

»Jetzt gehen wir zuerst alle schwimmen. Eine Abkühlung muss sein«, wechselt Jessy das Thema.

»Juhui!«, rufen die Kinder wie im Chor und rennen ins Haus, um die Badekleider anzuziehen. Nach einem spassigen Badeplausch im Pool machen sich Jil und Jessy an die Arbeit. Ungewöhnlich für Jessy. Normalerweise überlässt sie alles ihrer guten Seele. Jil hat aber darauf bestanden, mit anzupacken, und mit Hilfe von ihrer Freundin wird sie das eine oder andere schon kapieren. Wird sicher eine spassige Abwechslung. Sie hakt sich bei ihrer Freundin unter und sie folgen den Kindern in die Küche.

Zara, ihre Haushälterin, schaut verdutzt, als sie zu viert die Küche betreten. Sie ist nur 1,55 Meter gross und wiegt bestimmt 150 Pfund. Ihre dunklen Haare hat sie streng nach hinten gekämmt und zu einem Knoten gebunden. Sie trägt einen bunten Rock und hat eine weisse Schürze mit Rüschen umgebunden. Ihre vollen roten Backen und die vielen Lachfalten zeigen eine sympathische, liebenswerte Persönlichkeit. Jil mag sie auf Anhieb und lächelt ihr freundlich entgegen. Ihre kleinen Füsse stecken in roten Pantoffeln.

Jessy stellt ihr Jil und die Kinder vor und erklärt ihr, dass sie sich in der Küche nützlich machen wollen. Zara kann sich ein Lachen nicht verkneifen und erschrickt selber über ihre Reaktion. Jessy geht jedoch sehr locker mit ihrem Personal um.

»Ja, ja, lacht ihr nur über mich. Wir wollen doch mal sehen, ihr werdet euch noch wundern.«

Entschlossen zieht sie die erstbeste Schublade raus, welche samt Inhalt polternd auf den Boden fällt.

4

Alles ist so weit vorbereitet. Die Kinder schlafen schon. Jessy und Jil gönnen sich noch eine Tasse Tee und plaudern zusammen.

»Ich bin so froh, dass ich mich bei dir gemeldet habe«, sagte Jil fröhlich. »Wer weiss, ob wir uns sonst wiedergetroffen hätten. Es ist schön, mit dir hier zu sitzen und über alte Zeiten zu schwatzen.«

Sie plaudern noch weit in die Nacht hinein. Müde, aber glücklich schlüpft Jil unter die Decke.

»Mami, Mami, aufstehen! Es ist schon hell draussen.«

Ron schüttelt sie erbarmungslos. Jil dreht sich um und blinzelt vorsichtig. Sie schielt auf ihre Uhr, welche erst sechs Uhr anzeigt. Ron steht neben dem Bett mit zerzaustem Haar, in seinem blauen Pyjama und mit nackten Füssen.

»Es ist noch sehr früh, leg dich noch einmal ins Bett«, flüstert Jil.

»Och, Mami, muss das sein? Kann ich mich noch ein wenig zu dir kuscheln?« Ron lächelt verschmitzt.

Seit sein Vater gestorben ist, kommt er ab und an zu ihr und sucht ihre Nähe. Sie hat ihn immer gewähren lassen. Er wird sich mit dem Alter schon wieder ändern.

»Na gut, komm, leg dich zu mir.«

Ron hüpft auf ihr Bett und kuschelt sich unter die warme Decke. Jil streicht ihm über sein Haar.

»He, ihr zwei Schlafmützen, aufstehen!« Ramona steht am Bett und schüttelt sie unsanft.

Ron ist sofort hellwach. Jil hätte gerne noch ein wenig weitergeschlafen. Es ist ziemlich spät geworden gestern Abend – oder wohl eher früh heute Morgen? Sie streckt sich und gähnt herzhaft. Ron klettert über seine Mutter hinweg und hechtet auf den Boden. Ramona zieht ihn mit sich mit. Gemeinsam verlassen sie das Schlafzimmer und rennen die Treppe hinunter.

Jil dreht sich um und überlegt, ob sie noch ein wenig vor sich hindösen soll. Die Sonne kitzelt sie auf der Nase. Nein, es ist besser aufzustehen. Das Wetter ist schön und heute ist ihr letzter Tag hier. Es wäre doch schade, ihn im Bett zu verbringen.

Als sie auf die Terrasse tritt, lächelt Jessy ihr entgegen. »Hallo, Schlafmütze, bist du auch schon aufgestanden?! Ich darf zwar nichts sagen. Bin normalerweise um diese Zeit noch nicht aus den Federn.«

Zara giesst soeben Tee ein. Der Tisch ist liebevoll gedeckt mit vielen Leckereien. Ein Strauss bunter Wildblumen steht mitten auf dem Tisch. Kater Felix sitzt auf einem Stuhl und leckt sich die weisse Pfote. Sein schwarz-weiss geschecktes Fell glänzt in der Sonne. Die Kinder spielen mit Bambu. Ihr Lachen vermischt sich mit dem Gebell des Hundes. Jil streicht sich eine Strähne aus dem Gesicht und setzt sich neben ihre Freundin. Jessy greift soeben nach einem warmen Baguette und tunkt ein Stück in ihr Spiegelei.

Jack ist seit fünf Uhr wach. Unruhig wälzt er sich hin und her. Seine Gedanken wandern wieder einmal in die Vergangenheit. Jessy und Jil sitzen unter dem Baum und kichern verschmitzt miteinander. Er schleicht sich von hinten an und versucht zu lauschen. Auf dem Ast sitzt ein Gelbhaubenkakadu und scheint ihn zu beobachten. Leider kann er nicht verstehen, was die beiden tuscheln.

»Achtung, er versucht sich von hinten anzuschleichen. Wir werden ihm einen Denkzettel verpassen«, flüstert Jessy. »Auf drei und los!«

Beide schnellen hoch und schreien, so laut sie können. Jack erschreckt sich so stark, dass er rückwärts auf seinen Hintern fällt und genau in einer Pfütze landet. Die Mädchen krümmen sich vor Lachen. Jack steht mit hochrotem Kopf und nassem Hinterteil vor ihnen und rennt davon, so schnell er kann. Mann, war das peinlich! Er erinnert sich daran, als wäre es gestern gewesen. Und heute soll er Jil wiedersehen. Nach so langer Zeit.

Das Getöse eines Flugzeuges ist zu hören. Der Wind bläst ums Haus. Ihn hält nichts mehr im Bett. Er entscheidet sich, noch eine Runde zu joggen, und schwingt seine Beine über die Bettkante.

Verschwitzt und ausgepowert kehrt Jack zurück. Joshua liegt in der Hängematte zwischen den Ulmen und liest in einem Comic. Cash hat sich an seinem Fussende zusammengerollt und schaut ihm aus seinen schwarzen Knopfaugen entgegen. Sein kleiner Schwanz wedelt wie verrückt und klopft auf Joshuas Bein.

»Auch schon aufgestanden?«, fragt Jack.

Joshua schaut seinen Vater an und nickt. »Dad, ich habe schon den Tisch gedeckt«, verkündet er stolz.

Jack dreht den Kopf Richtung Terrasse und bewundert das Werk seines Sohnes. »Das hast du prima gemacht. Ich springe kurz unter die Dusche und dann können wir frühstücken.«

Motorengeräusch ist zu hören. »Mom, Mom, sie kommen!«, schreit Ron.

Jessy und Jil treten aus dem Haus. Ein schwarzer Landrover fährt in die Einfahrt. Hinten im Auto sitzt ein Junge, vorne eine ältere Frau, und das am Steuer muss Jack sein.

Jack sieht im Eingang seine Schwester stehen und daneben zwei Kinder und eine Frau. Von Weitem sieht er nur eine zierliche Gestalt mit langem, schwarzem Haar zu einem Zopf zusammengebunden. Sein Herz rast. Er parkiert den Wagen, steigt aus, läuft auf die andere Seite, öffnet die Türe vom Beifahrersitz und hilft seiner Mutter beim Aussteigen.

Langsam schreitet sie auf das Haus zu. Jil erkennt in der älteren Dame die Mutter von Jessy und Jack. Sie ist trotz der Jahre eine stattliche, schöne Frau geblieben. Unter ihrem Strohhut gucken weisse Haare hervor. Sie trägt ein geblümtes, weisses Kleid und offene Sandalen. Auf den Händen balanciert sie eine grosse Tortenschale. Wie gut erinnert sich Jil an die vorzügliche Kiwi-Torte, die es immer bei Jessy zu Hause gegeben hat. Eine Spezialität von Jessys Mutter. Sie vermutet, dass sich unter der Verpackung diese besondere Leckerei befinden könnte.

Joshua klettert aus dem Wagen und zieht ein schwarzes Wollknäuel hinter sich her. Er versteckt sich hinter seinem Vater und guckt neugierig zu dem Jungen, welcher neben dieser fremden Frau und einem hübschen Mädchen steht.

Jessy lächelt ihrer Familie zu und nimmt ihre Mutter in die Arme.

»Mom, darf ich dir vorstellen, die verlorene Jil!«

»Mein Gott, aus dem schüchternen Mädchen ist eine Schönheit geworden. Hallo, Jil, ich darf dich doch noch so nennen?« Grace streckt Jil Ihre Hand entgegen.

Jil errötet leicht. »Guten Tag, Frau Scott, es freut mich sehr, Sie wiederzusehen.«

»Nenne mich doch Grace, wir kennen uns schon so lange«, antwortet Jessys Mutter.

Jack steht ein paar Schritte daneben und beobachtet die Begrüssung. Das heisst, nein, eigentlich sind seine Augen nur auf Jil gerichtet. Mein Gott, sie sieht bezaubernd aus. Er hat es geahnt. Ihre grünen Augen strahlen und die schwarzen Haare glänzen in der Sonne. Der grüne Rock passt genau zu ihren Augen und schmiegt sich um ihre schlanke Taille. Ihre langen Beine sind leicht gebräunt und ihre zierlichen Füsse stecken in weissen Sandalen.

»He, Bruderherz, willst du nicht Guten Tag sagen?«

Jessy stupst ihren Bruder unsanft in die Seite. Jil streckt ihm ihre Hand entgegen und lächelt ihn an. Er ist wie elektrisiert. So was gibt es doch nicht! Er hätte nie mit einer solch starken Gemütsregung gerechnet.

»Hallo«, bringt er mit Mühe und Not heraus.

»Darf ich euch meine Kinder vorstellen: Ramona und Ron«, ergreift Jil das Wort.

»Joshua, komm doch her und zeige den beiden deinen Hund Cash. Sie lieben Tiere, wie du.«

Jessy winkt den schüchternen Jungen zu sich. Die Kinder nicken sich zu und rennen zusammen weg, verfolgt von einem lauten Gebell der beiden Hunde. Als Kind geht alles einfacher, denkt sich Jack.

»Aber wieso ist denn ihr Mann nicht mitgekommen?«

Jack steht mit seiner Schwester in der Küche. Er pickt

einen Krümel des Schokoladenkuchens vom Tisch auf und steckt ihn in den Mund. Jessy klärt ihren Bruder über das tragische Schicksal von Jil auf. Sie ist seit sechs Jahren mit den Zwillingen alleine. Ihre Schwiegereltern haben sie immer unterstützt, da sie ihre Eltern auch sehr früh verloren hat. Es muss eine schlimme Zeit für sie gewesen sein.

Zusammen kehren sie in den Garten zurück. Jessy balanciert ihren ersten selber gebackenen Kuchen. Sie wollte sich diese Show nicht nehmen lassen und hat Zara informiert, dass sie den Kuchen selber servieren wird. Zara folgt ihnen mit der Kiwi-Torte von Grace. Jil tollt gerade mit den Kindern über die Wiese. Die Hunde Bambu und Cash springen aufgeregt um sie herum. Einige Strähnen haben sich aus ihrem Zopf gelöst, sie hat leicht gerötete Wangen und streicht soeben eine Strähne hinter das Ohr. Wie er diese Geste an ihr liebt! Schon als Mädchen hat er sie dabei beobachtet. Am liebsten würde er auf die Wiese rennen und mitspielen.

Der Tag neigt sich langsam dem Ende zu. Jil muss an die Rückfahrt denken. Wie soll sie dies nur ihren Kindern beibringen? Sie scheinen sich hier pudelwohl zu fühlen. Sogar Ron vermisst sein Fahrrad nicht und hängt staunend an den Lippen von Joshua. Er hat sich immer einen grösseren Bruder gewünscht. Auch sie hätte gerne noch weitere Kinder gehabt.

Jack überlegt fieberhaft, wie er Jil wiedersehen kann. Er möchte nicht wieder denselben Fehler begehen wie als Teenager. Ob sie eine feste Beziehung hat? Er kann sich nicht vorstellen, dass sie alleine lebt. Sie hat bestimmt längst wieder einen Partner. Hatte er überhaupt eine Chance, sie nun endlich besser kennenzulernen? Weiss sie, dass ich geschieden bin? Seine Gedanken schlagen Purzelbäume.

Kurz nach seinem Architekturstudium fand er eine Stelle in einem renommierten Architekturbüro in Dunedin. Cassie war die Tochter seines damaligen Chefs. Auf einer Weihnachtsparty lernte er sie kennen. Eigentlich nicht unbedingt sein Typ. Ihr lockiges, blondes Haar war zu einer raffinierten Hochsteckfrisur toupiert. Das lange, feuerrote Seidenkleid schmiegte sich perfekt um ihren schlanken Körper. Sie gehörte zu diesen Frauen, welche beim Betreten eines Raumes die ganze Aufmerksamkeit auf sich ziehen. Und sie genoss es. Sein Chef stellte sie ihm vor. Ihr Lächeln war bezaubernd, ihre Augen tiefblau und ihr Blick geheimnisvoll. Sie wirkte sehr selbstbewusst und trotzdem irgendwie anziehend. Eigentlich ist ihm bis heute nicht klar, wie er ihr verfallen konnte. Trotzdem ist es passiert. Sie war damals noch sehr jung. Gerade einmal 18 Jahre. Was sie jedoch nicht daran hinderte, ihn um ihren Finger zu wickeln. Als sie ihm dann ein halbes Jahr später eröffnete, dass sie schwanger sei, erschrak er zuerst sehr. Entgeistert schaute er sie an. »Du hättest halt besser aufpassen sollen, ich will bestimmt kein Gör! Und schon gar nicht meine Figur ruinieren«, sagte sie schnippisch zu ihm. Sie hatte ihn immer in dem Glauben gelassen, dass sie die Pille nahm, und da war es einmal passiert, dass er ohne Kondom mit ihr geschlafen hatte. Unverzeihlich, doch er war an diesem bestimmten Abend stockbesoffen. Sie hatten wieder mal Streit, wie so oft, und er liess sich volllaufen, um alles zu vergessen. Sie wollte sich dann unbedingt mit ihm versöhnen und ihm war alles egal. Welch fataler Fehler! Das Kind abzutreiben kam für ihn nicht infrage. Zuerst war sie hysterisch geworden und wollte nichts von einem Kind wissen. Jedoch wusste sie, dass sie ihn so an sich binden konnte, und da er einmal die Firma ihres Vaters übernehmen würde, schickte sie sich darein. Somit nahm sie die Gelegenheit wahr, eine riesige Verlobungsparty zu organisieren. Die ganze Welt musste von dieser Neuigkeit informiert werden. Ihm wurde dies alles zu viel, doch sie liess sich nicht davon abhalten. Wenn schon, dann mussten es alle wissen. Und eine Party war nie zu verachten.

Kurz nach ihrer Hochzeit wurde ihr alles zu viel. Sie war im achten Monat schwanger und fühlte sich wie eine Tonne. Die Fetzen flogen und sie war oft nicht mehr zu beruhigen. Als das Baby dann da war, stellte sie sofort ein Kindermädchen ein, setzte sich auf eine strenge Diät und genoss ihr vorheriges Leben mit Partys und Freunden. Ihr Sohn interessierte sie überhaupt nicht. Jack war sehr traurig darüber und verbrachte so viel Zeit wie möglich mit seinem Sohn. Er liebte ihn über alles, mit seinen blauen Augen und den blonden Locken. Seine Schwester Jessy hatte nie viel für ihre Schwägerin übrig gehabt. Von Anfang an hatte sie ihn vor ihr gewarnt. Jack musste mit ihr reden. So konnte es nicht weitergehen. Sein Chef hatte schon längst bemerkt, dass die Ehe nicht sehr glücklich war. Er liebte seine Tochter über alles. Doch er wusste, wie schwierig sie war. Er schätzte Jack sehr und wollte ihn weder privat noch in seiner Firma verlieren. Jack war wie ein Sohn für ihn. Der Sohn, den er sich immer gewünscht hatte. Ob er mal mit ihm reden sollte?

Jack schreckt aus seinen Gedanken hoch, als seine Schwester ihn unsanft in die Seite boxt.

»Bist du noch unter den Lebenden? Oder wo bist du gegenwärtig mit deinen Gedanken?«

Sie sitzt alleine mit ihm am Tisch. Jil und ihre Kinder bereiten sich auf die Abreise vor. Jack überlegt hastig, ob er seiner Schwester von seinen Gefühlen erzählen soll. Aber nein, dies ist wohl keine so gute Idee. Sie bringt es fertig und erzählt Jil davon. Das will er auf keinen Fall.

Jessy grinst ihn an. »Du brauchst mir gar nichts zu erzählen. Ich lese deine Gedanken aus deinem Gesicht. Los, versuche es, du musst die Gelegenheit nutzen. Aber überfalle sie nicht, das wäre total falsch.«

Wie gut seine Schwester ihn kennt!

»Ich weiss ja gar nicht, ob sie wieder einen Freund hat. Vielleicht ist sie schon längst wieder liiert, wundern würde es mich nicht. Ich weiss nicht, wie ich mich ihr annähern soll, doch ich werde es versuchen. Bitte erzähle ihr nichts von unserem Gespräch. Versprichst du es mir?«

Jessy neigt den Kopf auf die Seite und schaut ihn verschmitzt an. »Ich verspreche es dir, Ehrenwort. Da musst du nun alleine durch! Ich weiss auch nicht, ob sie wieder einen Freund hat. Ich weiss aber, dass sie sehr an ihrem verstorbenen Mann gehangen hat. Sie war sehr aufgewühlt, als sie mir von seinem tragischen Tod erzählt hat. Ich wünsche dir viel Glück.«

5

Bereits eine Woche war es her, seit Jil mit ihren Kindern bei Jessy war. Sie zehrt immer noch von diesem tollen Wochenende. Ihre Kinder kommen heute wieder von ihrer Reise mit den Schwiegereltern zurück. Sie hatte die ganze Woche viel zu tun. Ihr Chef nutzte ihre Unabhängigkeit aus und brachte ihr immer mehr und mehr Arbeit. Ihr war es egal, es wartete ja niemand zu Hause auf sie. So hatte sie keine Zeit, sich Gedanken zu machen. Sie freut sich auf heute Abend. Nur noch zwei Stunden, dann hatte sie Wochenende und konnte ihre zwei Rabauken in die Arme schliessen. Ihre Schwiegereltern kamen heute Abend mit den Kindern zu ihr und sie wollte noch etwas Leckeres vorbereiten. Heute wollte sie pünktlich nach Hause, komme, was wolle.

»Grandma, wie lange fahren wir noch?«, stöhnt Ramona. Sie konnte es nicht erwarten, wieder bei ihrer Mom zu sein. Die Woche war toll. Sie liebte es, mit ihren Grosseltern in die Ferien zu fahren. Jedoch freute sie sich immer wieder, nach Hause zu kommen. Ron schnarcht leise neben ihr. Er konnte ohne Probleme die ganze Fahrt durchschlafen, was ihr nie gelang.

»Wir sind bald zu Hause, mein Schatz«, antwortet ihre Grossmutter. Grandpa pfeift ein Liedchen, Ramona summt mit. Sie liebt ihre Grosseltern sehr.

Jil ist parat. Zum x-ten Mal läuft sie ans Fenster. Sie sollten doch endlich kommen. Sie hat ihre Kinder so vermisst. Da, sie hört ein Geräusch, abermals schaut sie durchs Fenster, aber es ist »nur« ihr Nachbar. Sie arrangiert die Tulpen in der Vase neu, richtet eine Serviette, poliert ein Glas. Irgendwie muss sie sich beschäftigen. Es ist bereits 18 Uhr und sie weiss, bald sind sie da. Da, wieder ein Geräusch. Sie läuft zum Fenster und sieht den blauen BMW ihrer Schwiegereltern einbiegen. Ramona streckt ihren Kopf zum Fenster hinaus und winkt heftig. Sie hält es nicht mehr aus und rennt nach draussen. Schon kommt ihre Tochter auf sie zugerannt.

»Mami, Mami, es war toll!«

Ron rennt hinter seiner Schwester her. Jil wird stürmisch von beiden umarmt.

»Schön, euch wieder hier zu haben. Ich habe euch so vermisst!«

Eng umschlungen stehen sie vor dem Haus. Emily lächelt und begrüsst ihre Schwiegertochter. Mike sen. hievt die Reisetaschen aus dem Kofferraum und schreitet auf sie zu. Jil liebt ihre Schwiegereltern wie ihre leiblichen Eltern. Da sie diese leider sehr früh verloren hat, waren ihre Schwiegereltern sehr wichtig für sie und immer für sie da.

Zu fünft steigen sie die Treppen hoch zu ihrer kleinen Wohnung. Liebevoll hat sie den Tisch angerichtet. Das kleine Wohn- und Esszimmer sieht gemütlich aus. Frische Tulpen stehen auf dem Tisch und einige farbige Luftballons zieren die Decke. Sie wollte ihre Kinder überraschen.

Jil sitzt auf ihrem Sofa und träumt vor sich hin. Die Kinder sind bereits im Bett und die Schwiegereltern haben sich verabschiedet. Morgen wollte sie mit ihren Zwillingen in die

Stadt fahren und bummeln gehen. Sie erhebt sich und setzt sich an ihr kleines Pult. Plötzlich sieht sie die Notiz von Jessy unter dem Briefbeschwerer liegen. Draussen weht der Wind ums Haus. Es hat begonnen zu regnen. Ein Gewitter ist im Anmarsch. Ein bisschen Regen kann nicht schaden. Sie nimmt den Zettel in die Hand und überlegt sich, ob sie nun einmal Tim anrufen soll. Jessy hat ihr erzählt, dass er oberhalb der alten Schule eine Wohnung bezogen hat. Er unterrichtet tatsächlich Mathe und ist heute noch begehrter Junggeselle. Irgendwie getraut sie sich nicht so richtig. Er wohnt sowieso zu weit von hier entfernt – obwohl, vielleicht könnte er ihr eine Adresse von einem Mathelehrer in der Gegend geben. Die Idee war stumpfsinnig. Doch ihn wieder mal zu sehen wäre natürlich auch nicht zu verachten. Ob er immer noch so toll aussah?

Sie geht ins Bad, putzt sich die Zähne, wäscht sich das Gesicht und bürstet ihr Haar. Morgen wollte sie Jessy anrufen. Sie hatte sie eingeladen, die langen Sommerferien bei ihr zu verbringen. Sie hat den Kindern noch nichts davon erzählt. Zuerst muss sie Herrn Pfeiffer davon überzeugen, dass sie vier Wochen am Stück Ferien nehmen will. Bis jetzt hatte sich die Gelegenheit noch nicht ergeben. Ihr Chef war wie immer schlecht gelaunt. Mit ihrer Arbeitskollegin Leslie, welche halbtags arbeitet, hat sie am Freitag schon gesprochen. Sie wäre bereit, während ihrer Abwesenheit Vollzeit zu arbeiten. Dies käme ihr sogar sehr gelegen, da sie für ein neues Auto jeden Cent gebrauchen könnte. Ihre alte Kiste gibt nächstens den Geist auf.

Nun gut, noch zwei Wochen und dann hatte sie sowieso drei Wochen Ferien. Sie verbrachte diese Zeit normalerweise mit ihren Kindern zu Hause, da ihr Budget nicht für Ferienreisen ausreichte. Ihre Kinder liebten das Meer, und so waren sie zufrieden und glücklich, wenn sie ans Meer fuhren. Die Zwillinge verstanden das und ihnen war klar, dass sie nicht weite Reisen unternehmen konnten. Diese Reise zu Jessy wäre natürlich für alle ein Traum. So wie sie gehört hat, hatte Jack das elterliche Anwesen, etwa 58 Kilometer von Jessy entfernt, übernommen. Sie erinnert sich gut an das Zuhause der Familie Scott. Sehr oft hatte sie sich in ihren Kindertagen dort aufgehalten. Jessy liess es nicht zu, dass sie nicht mindestens jedes zweite Wochenende bei ihr übernachtete. So konnten sie bis weit in die Nacht hinein plauschen. Sie war gerne da und freute sich jedes Mal.

Jil lebte mit ihren Eltern etwa 22 Kilometer entfernt in einem kleinen, aber gemütlichen Haus. Sie hat sich nie minderwertig gefühlt. Auch wenn ihre Eltern einfache Landsleute waren. Sie wurde verwöhnt und wuchs mit viel Liebe auf. Sie war ein Einzelkind. Dr. Mike Sanchez, der Arzt von Dunedin, hatte ihre Mutter Charlotte mehrmals untersucht. Er konnte ihr auch nicht erklären, wieso sie nicht schwanger wurde. Mit 34 Jahren stand Charlotte eines Morgens auf und musste sich übergeben. Zuerst dachte sie, sie habe sich den Magen verdorben. Doch als es in den nächsten Tagen so weiterging, besuchte sie Dr. Sanchez und erhielt endlich die freudige Mitteilung, dass sie ein Kind erwartete. Die Schwangerschaft war sehr problematisch. Sie bekam bereits im siebten Monat strikte Bettruhe verschrieben. Sie freuten sich sehr auf das Baby.

Ob Dr. Sanchez noch lebte? Er war immer für sie da. Als Jil vom Fahrrad stürzte und sich den linken Arm brach, bekam sie von Dr. Sanchez einen Gips. Er war auch der erste, der sich mit seinem Namen darauf verewigt hatte. Sie musste Jessy fragen, ob er noch lebte. Wie alt musste dieser in der Zwischenzeit sein? Er ist im Alter ihrer Eltern und heiratete spät die 15 Jahre jüngere Kelsey McCoy. Ihr Sohn Bill war fünf Jahre jünger als sie und ebenfalls ein Einzelkind.

Das Anwesen der Familie Scott war das grösste in der Umgebung. Ihnen gehörten 130 Hektar Land mit Weinanbau, Schafweiden, Steppen und direktem Meeranschluss auf der Otago-Halbinsel. Die Kinder wurden vom Chauffeur der Familie in die Schule gefahren. Da Jils Eltern beide berufstätig waren, verbrachte sie viel Zeit bei der Familie Scott. Für sie war es ihr zweites Zuhause geworden. Sie liebte es, mit Jessy und Jack auszureiten, im Meer zu baden oder zu surfen oder sich mit einem Buch in der Hängematte unter den alten Ulmen zu entspannen.

Sie war erstaunt, dass Jacks Frau am letzten Sonntag nicht mitgereist war, doch sie fand es unhöflich, Jack danach zu fragen.

Ein zuschlagendes Fenster schreckt Jil aus ihren Gedanken auf. Sie erhebt sich und geht in ihr Schlafzimmer. Sie kuschelt sich unter die Decke, greift nach ihrem Buch und schlägt die Seite auf, wo ihr gestern Abend beim Lesen die Augen zugefallen sind.

Jessy sitzt auf ihrer Veranda, eine leichte Brise streicht durch ihre Locken. In der Ferne hört man einen Vogel kreischen. Sie geniesst die lauen Abendstunden draussen und überlegt, mit welchem Pferd sie morgen ausreiten will. Sie ist gerne alleine. Es war gut, dass es mit Carter in Kanada nicht geklappt hat. Sie liebt ihr Heimatland und ist froh, wieder hier zu sein. Sie hat das Privileg, nicht arbeiten zu müssen, was sie sehr geniesst. Am liebsten verbringt sie die Zeit mit ihren Pferden und Bambu. Als würde Bambu dies spüren, kuschelt er sich zu ihren Füssen und stupst sie mit der Nase an. Sie krault sein Fell und geniesst ihr kühles Bier.

Joshua liegt im Bett und liest in seinem Comic. Jack öffnet die Tür tritt ein und setzt sich zu seinem Sohn aufs Bett.

»Wollen wir morgen zu Jessy fahren und sie mit einem Besuch überraschen? Du kannst ja Jason fragen, ob er mitfahren will. Ihr könnt dann zusammen ausreiten.«

Joshua grinst ihn an und findet die Idee cool. »Abgemacht?«, fragt er und streckt seinem Dad die Hand hin. Jack schlägt ein, zerzaust ihm sein Haar, steht auf, wünscht ihm eine gute Nacht und verlässt das Zimmer.

Er holt sich ein Glas Rotwein und setzt sich draussen zu seiner Mutter auf die Terrasse. Grace hebt den Kopf und schaut ihn an.

»Ein wunderschöner lauer Abend heute.« Vom Meer her weht eine leichte Brise. Die Blätter der grossen Kauri-Bäume rascheln im Wind. Die Kerze auf dem Tisch flackert. Grace nippt an ihrem Wein. Sie schaut ihren Sohn an und fragt: »Jil ist eine schöne Frau geworden, findest du nicht auch? Sie würde wunderbar hierher passen. Die Kinder brächten Leben in dieses grosse Haus.«

Jack schaut seine Mutter erstaunt von der Seite an. Sie lächelt und streicht ihm über den Arm.

»Ich kenne dich, mein Sohn, du brauchst mir nichts zu erzählen. Man sieht es dir an der Nasenspitze an. Ich mochte, ehrlich gesagt, Cassie nie besonders leiden, aber das weisst du ja. Es war deine Entscheidung und ich habe mir gewünscht, dass sie sich nach der Geburt von Joshua ändern würde. Gewundert hat es mich nie, dass es nicht eingetroffen ist. Sie wird sich wohl nie ändern.«

Jack kennt seine Mutter: Wenn sie so mit ihm spricht, ist es ihr sehr ernst. Wie gerne hätte er Jil hier gehabt, doch zuerst muss er sie näher kennenlernen. Wer weiss, ob sie überhaupt Interesse an ihm hat? Er weiss ja nicht einmal, ob sie liiert ist. Jessy konnte ihm dies leider auch nicht beantworten. Sie wollte ihre Freundin nicht beim ersten Besuch ausfragen, was er ja versteht. Deshalb wollte er morgen zu ihr fahren, um eventuell schon einiges mehr zu erfahren.

Seine Mutter erhebt sich. »Es ist spät geworden. Ich glaube, ich lege mich hin. Ich wünsche dir eine gute Nacht, mein Sohn.« Sie haucht ihm einen Kuss auf die Wange und zieht sich zurück.

Jack schaut in die Ferne. Was sie wohl jetzt gerade macht?, überlegt er. Er erhebt sich, läuft in sein Schlafzimmer, zieht sich eine Trainingshose und ein T-Shirt an. Er will noch eine Runde joggen gehen. Er schnürt sich seine Turnschuhe zu und rennt auf dem Pfad durch die Weide Richtung Meer.

Verschwitzt und ausgepowert kehrt er zurück und steigt unter die Dusche.

Jil fallen die Augen zu. Sie legt ihr Buch beiseite, löscht das Licht und kuschelt sich unter die warme Decke.

Die Sonne kitzelt Joshua auf der Nase. Cash liegt zusammengerollt am Fussende und blinzelt mit seinen runden Knopfaugen. Sein Schwanz klopft vor Freude gleichmässig aufs Bett. Er streckt sich und tapst über die Decke. Joshua packt ihn und hebt ihn in die Luft.

»Wir besuchen heute deinen Freund Bambu.«

Cash schaut ihn mit schrägem Kopf an und wedelt mit dem Schwanz, als ob er ihn verstanden hätte. Joshua setzt ihn auf den Boden, springt aus dem Bett und rennt ins Bad. In der Küche hört er seine Grossmutter werken. Cash spitzt die Ohren und flitzt in die Küche. Er weiss, bald gibt es Futter, und er liebt es zu fressen.

Grace lässt einen Schrei los und hätte fast die Tassen fallen gelassen. Cash flitzt ihr um die Beine und wedelt mit dem Schwanz. »Mein Gott, hast du mich erschreckt!« Vorwurfsvoll schaut sie zu Cash herunter. Dieser legt den Kopf schief, als wollte er sich entschuldigen. Sie muss lachen, bückt sich und streichelt ihm über sein schwarzes, glänzendes Fell.

Jack betritt die Küche. »Hat er dich wieder erschreckt?« Cash flitzt zu Jack und bellt erfreut. Er liebt seinen Meister und umkreist ihn. »Schon gut, braver Hund.«

Jack hebt ihn in die Luft und setzt ihn wieder runter. Er küsst seine Mutter auf die Wange, fragt sie, ob sie gut geschlafen hat, und hilft ihr bei den Vorbereitungen fürs Frühstück. Cash tänzelt die ganze Zeit um sie herum und will ihnen damit klar zu erkennen geben, dass sie ihn nicht vergessen sollen.

Joshua schleicht sich von hinten an seinen Vater heran und versucht ihn zu erschrecken. Cash hat ihn mit seinem Gebell verraten. Sein Vater dreht sich um, packt seinen Sohn und nimmt ihn in die Mangel. Joshua und Jack tollen in der Küche herum.

»Herrje, Kinder, nicht so wild!«

Grace lächelt und schüttelt ihren Kopf. Sie trägt das frisch gebackene Brot auf die Terrasse und lässt die zwei alleine.

Jack will heute Jessy fragen, was sie für Pläne für die bevorstehenden Sommerferien hat. Wer weiss, vielleicht besucht Jil sie mit ihren Kindern und er hätte Gelegenheit, sie wiederzusehen.

»Mama, wir fahren heute zu Jessy, möchtest du uns begleiten?« Jack schaut seine Mutter über die Kaffeetasse fragend an.

»Nein danke, ich treffe mich heute mit Phyllis. Grüsse Jessy lieb von mir.«

Jack und Joshua brechen auf. Cash hat sich gemütlich auf der Rückbank zusammengerollt. Grace steht vor dem Haus und winkt ihnen zu.

Nach einer kurzen Fahrt erreichen sie das Haus von Jason. Jack drückt zweimal auf die Hupe und Jason kommt schon aus dem Haus geflitzt. Zu dritt geht die Fahrt weiter. Cash sitzt zwischen den beiden Jungs und schaut von einem zum anderen, als würde er der Unterhaltung der beiden lauschen. Die Sonne scheint, nur einige weisse Wolken sind am Horizont zu sehen. Das Thermometer im Auto zeigt eine Aussentemperatur von bereits 25 Grad an. Dies wird ein heisser Tag heute.

6

Jil wälzt sich unruhig im Bett. In ihrem kleinen Schlafzimmer ist es viel zu heiss. Das Fenster steht offen, bringt
jedoch keine grosse Abkühlung. Sie hat wieder einmal
schlecht geträumt. Diesmal von ihren verstorbenen Eltern.
Wie sehr sie diese vermisst!

Ein tragisches Flugzeugunglück hatte ihr beide Eltern
im Alter von 25 Jahren entrissen. Ihre Eltern gönnten sich
zu ihrem 60. Geburtstag eine besondere Reise. In einem
schrecklichen Unwetter verlor der Pilot die Kontrolle über
sein kleines Motorflugzeug, worauf die Maschine mitten im Dschungel abstürzte und alle fünf Insassen in den
Tod riss. Hochschwanger erhielt Jil damals die Hiobsbot-
schaft. Sie brach zusammen. Die Ärzte befürchteten, dass
sie ihre ungeborenen Zwillinge verlieren könnte, und verschrieben ihr strikte Bettruhe. Der Schock sass tief. Mike
wachte Tag und Nacht an ihrem Bett. Langsam erholte sie
sich von dieser Tragödie. Sie wusste, das Leben musste
weitergehen. Sie musste an ihre ungeborenen Kinder denken. Ohne ihren liebevollen Mann hätte sie es bestimmt
nicht geschafft.

Jil setzt sich auf. An Schlaf war nicht mehr zu denken.
Leise schleicht sie sich ins Bad und wäscht sich das Gesicht.

Ron steht in der Küchentür und beobachtet seine Mutter
bei den Vorbereitungen fürs Frühstück. Er bewegt sich auf

sie zu und umarmt sie von hinten. Jil dreht sich um und wuschelt ihm durchs Haar.

»Guten Morgen, mein Schatz. Hast du gut geschlafen? Ist Ramona schon wach? Wir könnten heute ein Picknick am Meer planen. Was meinst du?«

Ron strahlt übers ganze Gesicht, dreht sich im Kreis und rennt zurück ins Zimmer. Er klettert die Leiter ihres Kajütenbettes hoch und zieht Ramona die Decke weg. Sie schlägt verdutzt die Augen auf und schaut ihren Bruder böse an. »Bist du verrückt geworden?!«, kreischt sie ihn an und boxt ihn in die Seite. Eine wilde Kissenschlacht beginnt.

Jil kommt von der Küche ins Kinderzimmer gelaufen, als ein Kissen durch die Luft fliegt und vor ihren Füssen auf dem Boden landet. »Was ist denn hier los, ihr zwei Rabauken?« Sie hebt das Kissen auf und wirft es mit einem Schwung den beiden entgegen. »Wir werden am Meer picknicken.«

Ron zieht seine Schwester an den Haaren und flüchtet die Leiter wieder runter.

»Na warte!«

Seine Schwester folgt ihm. Jil fängt die beiden an der Türe auf und kitzelt sie aus. Bald ist eine riesige Rangelei im Gange. Ausser Atem sitzen die drei auf dem Boden, als Ramona plötzlich fragt: »Ist das wahr, Mami, gehen wir heute picknicken?«

Jil und Ron prusten laut heraus.

Nach dem Frühstück fahren die drei zuerst mit den Rädern in die Stadt. Die Kinder brauchen dringend noch ein paar Kleider für den Sommer.

Joshua und Jason sind mit den Pferden unterwegs. Jessy und Jack sitzen unter der Ulme und trinken gekühlten Tee.

»Jil hat mich heute Morgen angerufen. Ich habe sie für die Sommerferien eingeladen. Sie würde gerne kommen, weiss aber noch nicht, wie lange, da sie noch nicht mit ihrem Chef gesprochen hat.«

Jack horcht auf. »Meinst du, du könntest es einrichten, dass ihr uns auch einmal zu Hause besuchen kommt?«

Jessy schmunzelt. »Na klar, Bruderherz, das lässt sich bestimmt einrichten. Soviel ich weiss, will sie auch noch Tim Bennett besuchen.«

Jack runzelt die Stirn. Was sie wohl von ihm wollte? Tim gehört nicht unbedingt zu seinen Freunden. Seine hochnäsige, eingebildete Art ging ihm schon immer auf die Nerven. Jedoch weiss er, dass Jil ihn immer angehimmelt hatte. Was er ihr nicht verdenken konnte, schliesslich hatte Tim eine bestimmte Anziehungskraft. Die Hälfte der Mädels in der Schule war in ihn verknallt. Die Jungs versuchten ihm mit allem Möglichen zu imponieren, um seine Freundschaft zu erlangen. Seine Schwester hielt Jack mit ihren Geschichten immer auf dem Laufenden. Er war aber auch bekannt, dass er nichts anbrennen liess und jede Gelegenheit ausnutzte. Noch heute ist er der begehrteste Junggeselle im Dorf und hat sich überhaupt nicht verändert. Er ist eher noch aufgeblasener geworden. Jack kann sich nicht vorstellen, dass Jil ihn heute noch anziehend findet. Tim unterrichtet die Schüler in Mathe und die jungen Mädchen himmeln in an.

Jessy wedelt mit ihrer Hand vor seinem Gesicht herum. »He, hast du mir überhaupt zugehört?«

Jack schreckt aus seinen Gedanken auf. Er hat gar nicht mitbekommen, was Jessy alles gesagt hat. »Entschuldige, ich war gerade in Gedanken.«

Jessy schüttelt den Kopf und fängt nochmals von vorne an. »Ramona hat Probleme mit Mathe. Jil erinnerte sich an Tim und suchte nach der alten Klassenliste. Sein alter Telefonanschluss war nicht mehr in Betrieb. So ist sie auf meinen Namen gestossen und hat unsere Mutter nach mir gefragt. Es ist genial, dass sie angerufen hat. Es wundert mich überhaupt, dass wir uns aus den Augen verloren haben. Wie konnte das nur passieren?« Jessy runzelt die Stirn. »Durch Ben habe ich dann erfahren, dass seine Eltern nicht mehr leben und er oberhalb von der Schule wohnt. Ist es nicht herrlich, dass wir uns sozusagen wiedergefunden haben? Jetzt werden wir uns bestimmt nicht mehr aus den Augen verlieren. Und wenn du sie demnächst heiratest, ist sie sogar meine Schwägerin.«

Jack verschluckt sich an seinem Tee und hustet heftig. Jessy grinst.

»Jetzt weiss ich wenigstens, dass ich wieder deine volle Aufmerksamkeit habe.« Er zieht eine Grimasse. »Sie hat meinen Namen auf der Liste gelesen und erinnerte sich daran, dass sie eigentlich schon lange wieder Kontakt mit mir aufnehmen wollte, wusste jedoch nicht, ob ich noch in Kanada lebe. Sie hat dann allen Mut zusammengenommen und unsere Mutter angerufen.«

»Wer ist jetzt Ben schon wieder?« Jack runzelt die Stirn.

»Ben, na hör mal, du wirst dich doch noch an Ben erinnern? Ihr habt ihn doch immer gefoppt, weil er so klein war und immer noch ist. Wir nannten ihn immer Sonnyboy, weil er immer übers ganze Gesicht gestrahlt hat. Du musst dich noch an ihn erinnern. Ich habe ihn letzthin auf einer Party gesehen. Er wusste immer über alle Bescheid, so war es eine Kleinigkeit, über ihn zu erfahren, wo Tim steckt. Obwohl ich Jil eigentlich von Tim abgeraten habe. Sie soll sich lieber jemand anderen für ihre kleine Tochter suchen.

Also, ich würde meine Kinder niemals zu diesem aufgeblasenen Grossmaul schicken.«

Jil hat bei ihnen angerufen? Schade, dass er nicht zu Hause war. Mein Gott, ihm wäre sehr wahrscheinlich das Telefon aus der Hand gefallen. Bestimmt hätte er nur belangloses Zeug rausgekriegt. Sein Herz schlägt schneller.

»Ich kann doch Ramona auch Mathe beibringen«, erwidert Jack aufgebracht mit voller Überzeugung.

Jessy prustet los. »Ausgerechnet du – du kannst ja heute noch nicht einmal eins und eins zusammenzählen.«

Jack zieht sie an ihren langen roten Locken, muss ihr jedoch recht geben. Mathe war nie seine Stärke. Er interessierte sich mehr für die Turnstunden oder Geografie. Es passt ihm gar nicht, dass Jil sich mit Tim treffen will. Man weiss ja nie. Wenn Tim Jil sieht, wird er bestimmt versuchen, sie um den Finger zu wickeln. Das passt ihm wirklich gar nicht. Ein Kakadu kreischt in der Ferne, als würde er ihm beipflichten.

Jessy beobachtet ihren Bruder und sieht seine gerunzelte Stirn. Sie weiss, was in ihm vorgeht. Schnell wechselt sie das Thema.

»Was meinst du, wenn wir die ersten zwei Wochen bei euch verbringen würden? Die Kinder könnten ausreiten, aber auch im Meer baden, und mich würde es freuen, wieder einmal nach Hause zu kommen.«

Da Jessy heute noch viel reiste, hatte sie von Anfang an ein Verwalter Ehepaar, welches ihr zum Anwesen schaute und ihre Tiere versorgte. Mrs. und Mr. Jon Smith waren sehr zuverlässig und vertrauenswürdig. Zuerst wohnte sie nach ihrer Rückkehr in ihrem Elternhaus bei ihrem Bruder und ihrer Mutter. Doch bald merkte sie, dass sie mehr Abstand benötigte, und so baute sie sich ca. 58 Kilometer entfernt ihr eigenes Haus mit Stallungen. Ihre Mutter konnte diesen Schritt nicht verstehen. Das Haus war so gross und sie hätte gut einen Teil für sich einrichten können. Doch so gern sie ihre Mutter hatte, war sie doch froh, sich nicht immer ihre Ermahnungen anhören zu müssen. Sie liebte das Abenteuer, war deshalb viel unterwegs und reiste durch die Welt. So konnte sie tun und lassen, was sie wollte. Ab und zu besuchte sie ihre Familie und verbrachte einige Wochen bei ihnen. Meistens in der Sommerzeit. Sie geniesst das kühle Bad im Meer und lange Spaziergänge mit Balu den Strand entlang. Von ihrem Zuhause aus war dies nicht so einfach möglich.

»Wieso bleibt ihr nicht länger?«

»Wir werden sehen, wenn wir es bei dir aushalten, bleiben wir vielleicht die ganzen Ferien bei euch«, erwidert Jessy frech. »Aber du musst mir versprechen, dass du diesmal dein Glück versuchst. Ich würde mich riesig freuen für dich. Du hast es verdient, wieder glücklich zu sein.«

Jack schaut sie dankbar an. In der Ferne hört man Pferde traben. Joshua und Jason scheinen von ihrem Ausritt zurückzukehren. Jessy erhebt sich und schüttelt ihre rote Mähne. Man konnte nicht meinen, dass sie Geschwister waren. Jack mit seinen pechschwarzen Haaren und blauen Augen und sie mit ihrer roten Haarpracht und ihren grünen Augen. Sie hatte ihre Haare von ihrem Vater geerbt. Jack kam mehr nach der Mutter. Als Kind wurde sie manchmal gehänselt. Doch ihr war dies egal. Sie konnte damit umgehen. Ihr Haar passte zu ihrem Charakter: feurig und wild. Manchmal dachte sie, Jack hätte ein bisschen mehr Selbstbewusstsein und Feuer gutgetan. Hingegen konnte sie nie stillsitzen und ihr Mundwerk war immer in Betrieb. Ihr Bruder war eher ruhig, wusste aber genau, was er wollte, und war sich seiner Attraktivität nie bewusst. Mit seinen 1,85 Meter und seiner sportlichen Figur war er nicht zu verachten. Wenn er nicht ihr Bruder wäre, hätte sie sich ihn gut als Partner vorstellen können.

Jack steht auf und legt seinen Arm um ihre Schulter. Er überragt sie um gut 25 Zentimeter. Zusammen laufen sie den Kindern entgegen. Die Hunde, welche in der Sonne gedöst haben, erheben sich und springen freudig bellend vor ihnen her.

Montagmorgen, Jil sitzt in ihrem Büro und grübelt darüber nach, wie sie ihrem Chef beibringen soll, dass sie vier Wochen am Stück Ferien nehmen möchte. Wie sie diese Abhängigkeit hasste. Je nach Laune konnte diese Frage schlecht für sie ausgehen.

Leslie betritt das Büro und winkt ihr zu. Sie weiss, wie schwierig es ist, Herrn Pfeiffer um etwas zu bitten. Plötzlich kommt ihr eine Idee.

»Weisst du was – komm, wir gehen gemeinsam zu Herrn Pfeiffer. Zusammen sind wir stark, und wenn ich ihm meine Dienste anbiete, kann er gar nicht widersprechen.«

Jil lächelt Leslie dankbar an. Sie mag ihre Arbeitskollegin sehr. »Du hast recht, packen wir es an. Es hat keinen Sinn, länger zu warten.«

Langsam erhebt sie sich von ihrem Stuhl. Sie laufen zum Büro ihres Chefs und klopfen an. Ihr Herz klopft wie verrückt. Sie ist extrem nervös.

Jack war bereits auf der Weide und hat einen Zaun geflickt. Er bringt sein Pferd auf die Koppel zurück und schreitet Richtung Haus. Er will heute seinen Sohn in die Schule fahren, da er sowieso noch etwas in der Stadt zu erledigen hat. Joshua sitzt zerzaust im Pyjama am Tisch und beisst herzhaft in sein Nutella-Brot. Jack wäscht sich die Hände, klopft seinem Sohn auf die Schulter, haucht seiner Mutter einen Kuss auf die Wange und setzt sich an den Tisch. Er freut sich auf ein herzhaftes Frühstück mit seiner kleinen Familie. Er stellt sich Jil mit ihren zwei Kindern am grossen Tisch vor. Der Tisch war so gross, dass noch viele Kinder Platz gefunden hätten. Gerne hätte er noch ein zweites oder auch drittes Kind gehabt.

»Dad, hast du gehört, was ich gesagt habe?« Sein Sohn schaut ihn vorwurfsvoll an. »Du bist in letzter Zeit so abwesend und hörst mir gar nicht zu«, murrt er.

Grace lächelt, sie versteht ihren Sohn und freut sich auf die Sommerferien.

»Entschuldige, mein Sohn, was hast du gesagt?«

»Ich habe dich gefragt, ob ich dir heute Nachmittag nach der Schule im Weinberg helfen darf.«

Joshua liebt es, seinen Vater zu unterstützen. Er ist jetzt schon jede freie Minute bei ihm. Jack weiss, dass Joshua manchmal Angst hat, ihn auch noch zu verlieren. Obwohl er es ihm immer wieder sagt, dass er ihn nie verlassen würde. Dass damals seine Exfrau auf Joshua verzichtete, konnte er nicht verstehen, war aber typisch für sie. Jack freut sich zu sehen, dass sein Sohn Spass an seiner Arbeit zu haben scheint. So weiss er, dass sein Anwesen später traditionell in der Familie weitergeführt wird. Er war nun schon die vierte Generation Scott. Die fünfte schien bereits sicher zu sein. Obwohl er nicht darauf bestanden hätte. Sein Sohn soll einmal das lernen, was ihm Spass macht, und das kann sich ja noch ändern.

Jack fährt seinen Sohn in die Schule und verspricht ihm, dass sie heute Nachmittag zuerst gemeinsam am Weinberg arbeiten werden. Wendelin, ein alter Freund seines verstorbenen Vaters, unterstützt ihn tatkräftig bei den Arbeiten. Auf ihn kann er sich hundertprozentig verlassen. Er ist im Alter von 20 Jahren von Südtirol nach Neuseeland ausgewandert, nachdem er sich in eine bezaubernde Neuseeländerin verliebt hat. Er war mit seinem besten Kumpel auf einer halbjährigen Rundreise in Neuseeland unterwegs. Zwischendurch haben sie immer wieder eine Möglichkeit gesucht, ein wenig Geld zu verdienen, um den Trip zu verlängern, und sind so auf ihrem Weingut gelandet. Tom sen., Jacks Grossvater, führte damals das Weingut und liess die zwei Freunde bei sich arbeiten. Tom jun., Jacks Vater, freute sich über die Gesellschaft der beiden Jungs in seinem Alter. Er arbeitete damals schon für seinen Vater und fühlte sich als einziger Sohn manchmal einsam. Nach getaner Arbeit gingen sie oft zusammen aus. So lernte Wendelin seine zukünftige Frau kennen und verliebte sich Hals über Kopf in sie. Deshalb entschied er sich, seine Heimat in Südtirol zu verlassen und für immer nach Neuseeland zu ziehen. Seine Eltern waren nicht besonders glücklich darüber, aber gönnten ihm sein Glück. Da er noch zwei Brüder hatte, war die Nachfolge ihres Obstbetriebes gesichert. Bald erkannte Jacks Grossvaters, dass Wendelin sich sehr gut im Obstanbau auskannte und sich auch für den Weinbetrieb sehr interessierte. Als ihm dann sein Grossvater das Unternehmen übergab, war für ihn klar, dass Wendelin seinen eigenen Anteil bekommen soll. Sie waren so gute Freunde geworden, dass er auf keinen Fall auf ihn verzichten wollte. Er überschrieb ihm einen Teil des Landes, wo er seine eigene Apfelplantage anbauen konnte. Gleichzeitig übernahm er auch die Führung vom Weinanbaugebiet während seiner geschäftlichen Reisen. Jack war nach dem Tod seines Vaters sehr froh, Wendelin an seiner Seite zu haben. Für ihn ist er wie ein Onkel und er liebt ihn und seine Frau sehr. Da es ihnen leider nicht vergönnt war, Kinder zu bekommen, waren Jack und Jessy für sie, als wären es ihre eigenen.

»Danach muss ich noch einen Teil der Schafe zusammentreiben, um sie auf eine andere Weide zu führen. Wenn du möchtest, kannst du mir gerne dabei helfen.«

Joshua strahlt. Er liebt es, bei diesem Spektakel dabei sein zu dürfen.

Jack sitzt noch eine Weile im Auto und sieht stolz seinem Sohn nach, der mit grossen Schritten Richtung Schultor läuft.

Jil will sich ihre Freude nicht anmerken lassen, als sie ihre Kinder von der Schule abholt. Sie versucht ihr Grinsen zu verbergen. Sie hat das Büro heute eine Stunde früher verlassen, um ihre Kinder mit der freudigen Neuigkeit zu überraschen und mit ihnen Eis essen zu gehen. Ihr Chef hat das Büro nach dem Mittag für einen auswärtigen Termin verlassen und Leslie bot ihr an, die Stellung zu halten.

Zähneknirschend hatte er ihre Bitte bewilligt. Er weiss nämlich, was er an Jil hat und wie oft sie bereit ist, länger zu bleiben, wenn er noch etwas Dringendes erledigt haben will.

Ungeduldig schaut sie Richtung Schultor. Jeden Moment muss die Stunde zu Ende sein. Sie steigt aus dem Fahrzeug und schlendert Richtung Schule. Ihre Kinder werden sich enorm freuen.

In diesem Moment strömt eine Schar Kinder aus dem Haus. Jil sieht Ramona mit ihrer besten Freundin Tamara kichernd mitten in der Kinderschar. Ron läuft in einer anderen Gruppe Jungs hinter ihr her. Jil winkt ihnen zu.

Ramona bleibt einen kurzen Moment verdutzt stehen und rennt ihr dann entgegen.

»Hi, Mom, was machst du denn hier? Ist etwas mit Grandma?« Ron kommt mit fragendem Blick hinterher.

»Ich habe zwei Überraschungen für euch und habe eine Stunde früher Schluss gemacht.«

Ramona klatscht in die Hände. »Ich liebe Überraschungen!« Sie hakt sich bei ihrer Mutter unter, zieht Tamara mit sich mit und zu dritt schlendern sie zum Auto. Ron und sein Freund Jamiro folgen ihnen.

»Ich lade euch alle zu einer Portion Eis ein.«

Die Kinder jubeln und steigen freudig ein.

»Mom, raus mit der Sprache, was ist die zweite Überraschung?« Ron ist sehr aufgeregt und schaut seine Mutter mit grossen Augen an.

Jil lächelt vor sich hin. »Zu Hause erzähl ich es euch.«

»Ach, Mom«, stöhnt Ramona. Sie boxt ihren Bruder in die Seite und treibt ihn an, sein Eis schneller zu essen.

Zuerst fährt sie Tamara und Jamiro nach Hause. Kaum sind sie alleine, wollen die Kinder endlich wissen, was sie erwartet. Sie schweigt und grinst vor sich hin. Ramona und Ron verdrehen die Augen.

Zu Hause angekommen, rennt Jil die Stufen hinauf und lässt ihre Kinder verdutzt stehen. Ron und Ramona sprinten ihr nach und erreichen gemeinsam die Wohnungstür. Jil tanzt durch die Küche und ihre Kinder kichern vor sich hin.

»Wir fahren zu Jessy«, singt sie vor sich hin. Die Kinder verstehen gar nichts mehr und schauen ihre Mutter entgeistert an. Jil prustet laut heraus. »Ihr solltet eure Gesichter sehen!«

»Och, Mami, das wissen wir doch schon. Wo bleibt denn nun die Überraschung?«, schmollt Ramona.

»Wir fahren zu Jessy«, singt Ramona weiter. »Vier Wochen fahren wir zu Jessy.« Ihre Kinder schauen sich kopfschüttelnd an. Sie verstehen immer noch nicht. »Wir fahren zu Jessy, vier Wochen.«

Ramona zuckt zusammen. »Was hast du soeben gesagt? Wiederhol das noch mal«, brüllt sie.

»Vier Wochen, vier Wochen!«

Ramona und Ron schauen sich fassungslos an, und als sie begreifen, brüllen sie lauthals los und tanzen mit ihrer Mutter durch die Küche.

Plötzlich ist ein Klopfen zu hören, einmal, zweimal. Sie bleiben stehen und lauschen dem Geräusch. Wieder ein Klopfen. Diesmal energischer. Da ist es um die drei geschehen. Sie kugeln sich am Boden und halten sich die Bäuche vor Lachen.

»Unsere geliebte Nachbarin, die alte Schrulle, hat ihren Besen hervorgeholt und klopft mit dem Stiel an die Decke«, schreit Ron.

»Pst, nicht so laut«, mahnt Jil. Doch irgendwie ist es ihr heute egal. Soll sie sich doch wieder einmal bei der Verwaltung beschweren. Was konnte Jil dafür, dass sie immer so bissig war und von Anfang an sie und ihre Kinder nicht mochte. Vielleicht sollte ich ihr einmal einen Besuch abstatten und mich offiziell entschuldigen. Wer weiss, eventuell erfahre ich dann, wieso sie so giftig ist. Sie nimmt sich vor, dies demnächst in Angriff zu nehmen. Oder noch besser, sie stellt sie Herrn Pfeiffer vor, dann können sie sich gegenseitig ankeifen.

7

Die Kinder liegen im Bett. Es brauchte viel Geduld, sie heute ins Bett zu kriegen. Zu sehr waren sie aufgewühlt. Doch Jil war heute nicht so streng und liess sie einmal eine halbe Stunde länger toben. Jedoch konnte sie heute kein Kapitel mehr von der Geschichte Pinocchio vorlesen, weil beide schon nach ein paar Seiten eingeschlafen sind. Sie liebt es, ihren Kindern aus ihren alten Kinderbüchern vorzulesen. Ramona und Ron freuen sich auch jeden Abend darauf. Jil fühlt sich immer wieder an ihre Kindheit zurückerinnert. Ihre Mutter las ihr auch jeden Abend aus einem Kinderbuch vor und sie lauschte gespannt ihren Erzählungen.

Jil überlegt sich kurz, ob sie Jessy anrufen und über die tolle Neuigkeit informieren soll. Aber es ist zu spät und sie verschiebt die Idee auf morgen. Jil weiss, dass Jessy ihr versprochen hat, Tim einzuladen, damit sie mit ihm über die Mathehilfe ihrer Tochter sprechen kann. Vielleicht kennt er ja einen Lehrer, der hier in der Nähe unterrichtet. Jils Herz schlägt schneller bei dem Gedanken, Tim zu sehen. Ob er sich noch an sie erinnert? Wohl kaum, schliesslich hatte er als Kind schon kein Auge für sie übrig. Laut Jessy ist er heute noch solo. Wer weiss, vielleicht hat sie die Möglichkeit, ihn in den vier Wochen näher kennenzulernen. Manchmal wünscht sie sich schon wieder einen Mann an ihrer Seite. Sie freut sich riesig auf die kommende Zeit. Sie nimmt sich vor, sich in diesen Ferien Gedanken darüber zu machen, wie es mit ihr und den Kinder weitergehen soll. Sie will auf keinen Fall so weiterleben. Vielleicht hat Jessy eine gute Idee oder sie kann Jack fragen. Der kennt viele Leute in der Umgebung und weiss eventuell, ob irgendwo eine Stelle als … als was eigentlich? Sie weiss es selber nicht. Sie weiss nur, dass sie nicht mehr lange in diesem langweiligen Weinvertrieb arbeiten will. Acht bis neun Stunden im Bürostuhl zu sitzen, ihren genervten Chef zu ertragen und zusätzlich noch nervende, hochnäsige Kunden am Telefon zu beruhigen. Dann die komischen Typen, welche teilweise für ihren Chef anrufen. Sie fragt sich oft, mit was für schrägen Vögeln er manchmal zu tun hat.

Ihr Traum war schon immer, eine grosse Familie zu versorgen, den Haushalt zu erledigen, auf einer Farm mitzuhelfen oder gelegentlich in einer Bibliothek zu arbeiten. Sie liebt Bücher über alles. Sie greift nach ihrem Buch auf dem Nachttisch und vertieft sich in die spannende Geschichte.

Jack ist hundemüde, Sie haben heute viel geschafft. Sein Sohn hat ihn tatkräftig unterstützt. Die Schafe grasen zufrieden auf der neuen Weide. Er legt sich in die heisse Badewanne und versucht sich zu entspannen.

Seine Gedanken schweifen in seine Kindheit zurück, als er etwa vier Jahre alt war …

Sein Vater schwang sich nach getaner Arbeit oft in die Hängematte unter den alten, stattlichen Ulmen, hob ihn hoch und setzte in rittlings auf seinen Bauch. Er jauchzte jedes Mal vor Freude. Seine Mutter sass im Schneidersitz auf einer Decke und sang ein Kinderlied. Sein Vater brummelte mit und er lauschte gespannt dem Gesang. Er liebte diese Momente. Manchmal hörten sie auch dem

Gezwitscher der Vögel zu und sein Vater versuchte sie zu imitieren. Das war ein Spass! Seine Mutter nannte jeweils den Namen des Vogels.

Viele Jahre später lag er in der Hängematte und setzte seinen Sohn auf seinen Bauch und seine Mutter sass manchmal daneben und sang dieselben Kinderlieder wie damals. Er muss sich eingestehen, dass er sich sehr freut, dass sein Sohn seine Arbeit so toll findet und einmal in seine Fussstapfen treten will. Natürlich ist ihm klar, dass Joshua erst zwölf Jahre alt ist und sich seine Interessen immer noch ändern können. Er macht sich jedoch jetzt noch keine Gedanken darüber. Er geniesst den Moment.

Jessy krault Bambu und schaut in die Ferne. Ob sie wieder einmal eine Reise planen soll? Irgendwie zieht es mich wieder einmal eine Zeit fort von hier, überlegt sie. Nach den Sommerferien nehme ich es in Angriff. Gut, dass sie Mrs. und Mr. Jon Smith hat. So kann sie jederzeit mit gutem Gewissen verreisen. Bambu schaut sie mit schrägem Kopf an, als ob er ihre Gedanken lesen kann.

»Ja, mein Junge, du kannst mich nicht begleiten, aber du kannst die Zeit bei Mom, Jack, Joshua und Cash verbringen.« Bambu spitzt seine Ohren und wedelt mit dem Schwanz, als er den Namen Cash hört. »Ich weiss, du liebst Cash.« Jessy erhebt sich. »Komm, mein Junge, es wird Zeit, ins Bett zu gehen.« Bambu springt auf und folgt ihr ins Haus.

Jil zerrt nun bereits ihr viertes Outfit aus dem Schrank. Sie kann sich einfach nicht entscheiden, was sie anziehen soll. Es soll nicht zu sexy, aber auch nicht zu konservativ wirken.

Gestern sind sie bei Jessy angekommen. Jessy war ausser sich vor Freude, als sie ihr die freudige Mitteilung erzählt hat. »Toll, so können wir uns richtig Zeit füreinander nehmen.«

Heute soll Tim Bennett eintreffen, da sie morgen schon zu Jessys Elternhaus fahren wollen. Sie freut sich wie ein kleines Kind, ihn zu sehen, und ist dementsprechend aufgeregt. Jessy ist nicht besonders begeistert von ihm. Sie war jedoch auch die Einzige in ihrer Klasse, welche damals nicht für ihn schwärmte. Jessy behauptet heute noch, er sei aalglatt und ein noch grösserer Angeber geworden. Kein Rock sei vor ihm sicher. Sie will sich selber ein Bild machen.

Schlussendlich entscheidet sie sich für die kurzen blauen Shorts, ein weisses Top und die blauen Sandalen. Ihre Haare bindet sie mit einem blauen Band zusammen. Sie schaut in den Spiegel und ist einigermassen zufrieden. Ihre Wangen scheinen leicht gerötet zu sein. Ob dies von der Sonne oder ihrer Aufregung herrührt?

Plötzlich hört sie ein Auto und rennt zum Fenster. Tatsächlich fährt ein schnittiger schwarzer Porsche in die Einfahrt und kommt mit quietschenden Reifen zum Stehen. Ein schlanker, muskulöser Mann mit kurzen blonden Haaren, in weissen Hosen und einem rosa Hemd steigt lässig aus dem Fahrzeug. Auf der Nase trägt er eine verspiegelte Fox-Sonnenbrille, sodass sie ihm nicht in die Augen schauen kann. Sie verlässt das Fenster und geht nach einem letzten prüfenden Blick in den Spiegel die Treppe hinunter.

Jessy begrüsst Tim desinteressiert und führt ihn auf die Veranda. Sie winkt Jil, welche scheu in der Tür steht, zu sich und stellt die beiden einander vor. Tim mustert Jil von oben bis unten. Sein Blick schweift über ihren Körper, als würde er sie mit seinen Blicken ausziehen. Er drückt sie an sich und gibt ihr links und rechts einen Kuss auf die Wangen. Jil errötet und setzt sich rasch hin. Tim grinst selbstgefällig vor sich hin und setzt sich ihr mit gespreizten Beinen gegenüber.

Gereizt beobachtet Jack die Szene vom Stall her. Er wusste von seiner Schwester, dass heute Tim hier sein wird, und wollte unbedingt in der Nähe sein. Er reiste heute Morgen mit dem Vorwand an, dass Joshua unbedingt mit Ron und Ramona ausreiten wollte. Nun steht er hier bei den Stallungen und ballt seine Fäuste in den Hosentaschen. Er mag Tim überhaupt nicht. Wie seine Schwester konnte er nicht begreifen, wie die Frauen auf dieses Gesülze hereinfallen konnten. Er war früher so wie heute ein Frauenheld. Ihm geht es nur darum, die Weiber so rasch wie möglich ins Bett zu kriegen. Jack kann sich nicht vorstellen, dass Jil auf ihn abfahren wird. Er glaubt sie so gut zu kennen, dass sie nicht für einen One-Night-Stand zu haben ist. Und Tim ist gar nicht zu mehr fähig. Ihn würde einmal interessieren, welche Frau, ausser seiner Schwester, dieser Möchtegern nicht abgeschleppt hat.

Er freute sich wahnsinnig, als er vernahm, dass Jil und die Kinder vier Wochen hier bleiben werden. Vor allem, da sie ohne Begleitung angereist ist. Das lässt hoffen. Somit scheint sie nicht liiert zu sein, oder ihr Freund ist ein Narr, eine solche Frau vier Wochen zu entbehren. Nun hofft er, dass sie Tim durchschaut. In diesem Moment lächelt sie ihn an. Leider kann er von hier aus kein Wort verstehen. Er runzelt die Stirn und wendet sich ab. Er kommt sich vor wie ein eifersüchtiger kleiner Junge. Langsam schreitet er zum Stall und versucht seine Gedanken in eine andere Richtung zu lenken. Er kann dem ganzen Schauspiel nicht mehr zuschauen.

»Kein Problem, Jil, ich bringe deinem Mädchen im Nu die Mathematik bei. Du wirst sehen, in Kürze wird sie alles perfekt beherrschen. Einen besseren Lehrer als mich kannst du gar nicht finden.«

Tim schaut selbstbewusst in die Runde. Nicht einmal seine grossspurige Sonnenbrille hat er abgesetzt. Jessy geht er jetzt schon auf die Nerven. Seine selbstgefällige, eingebildete Art nervt sie gewaltig.

»Ihr entschuldigt mich, muss nach meinem Bruder schauen.« Mit dieser unglaubwürdigen Ausrede verlässt sie die beiden und eilt mit schnellen Schritten Richtung Stall.

Jack sitzt auf einem Heuballen und starrt vor sich hin. »Mann, dieser eingebildete Sack geht mir auf den Geist. Du wirst es nicht glauben, was der hier für eine Szene abzieht.« Sie setzt sich neben ihren Bruder. »Würde mich interessieren, wann dieser Schleimbeutel endlich erwachsen wird. Du hättest ihn sehen sollen. Grinst die ganze Zeit so aufgeblasen vor sich hin und meint wohl, er sei der Beste. Wie er Jil von oben bis unten gemustert hat. Er zieht sie mit seinen Blicken aus!«

Jack hört seiner Schwester nur halbpatzig zu. Er ist in Gedanken vertieft. In der Ferne hört er einen Vogel zwitschern. Im Heu raschelt eine Maus. »Ich glaube, der interessiert sich mehr für Jil als für die Nachhilfe in Mathe für Ramona.« Jack schaut seine Schwester wütend an. »Oh, entschuldige, ich vergass.« Sie blinzelt ihn von der Seite an und tätschelt sein Knie.

Jil überlegt fieberhaft, wie sie Tim so rasch wie möglich loswerden kann. Meine Güte, wo hatte ich nur meine Augen. Ich muss blind gewesen sein. Na ja, sie war noch jung damals. So ein überheblicher Kerl!

»Ich werde es mir überlegen und gebe dir danach Bescheid. Das Problem ist eigentlich die Distanz«, hört sie sich ausweichend sagen.

»Das ist doch kein Problem, meine Liebe. Mit meinem schnittigen Porsche – übrigens das neueste Modell, wir können gerne eine Spritzfahrt unternehmen – bin ich in null Komma nichts bei dir. Und wenn du dann noch dein Bett mit mir teilst, hat sich die Reise für mich erst noch gelohnt.« Er brüllt vor Lachen.

Schnell steht sie auf und reicht ihm die Hand. »Danke, dass du dir die Zeit genommen hast, extra herzukommen.«

»Das ist doch kein Problem, für dich tue ich alles.«

Er schiebt seine Brille auf die Nasenspitze, schielt über den Brillenrand und zwinkert Jil mit einem schleimigen Lächeln zu. Er reisst sie an sich und will ihr soeben einen Kuss auf den Mund drücken. Jil dreht angewidert ihren Kopf auf die Seite und der Kuss verfehlt sein Ziel. Sie riecht sein penetrantes, süssliches Aftershave und versucht sich aus seiner Umarmung zu lösen. Er ist jedoch stärker als sie.

Genau in diesem Moment treten Jack und Jessy aus dem Stall. Jack bleibt wie angewurzelt stehen. Er traut seinen Augen nicht. Jessy packt ihn am Arm und zieht ihn mit sich Richtung Veranda.

Tim flaniert, Jil untergehakt, Richtung Auto. Jessy und Jack kommen ihnen entgegen. »Schau an, schau an, das geliebte Bruderherz von unserer abgedrehten Jessy.« Tim beäugt Jack überheblich und streckt ihm die Hand entgegen. Jessy taxiert ihn mit einem herablassenden Lächeln. Dieser eingebildete Trottel! Jack übersieht zufällig die ausgestreckte Hand. Tim verzieht den Mund zu einem dämlichen Grinsen und steckt den Daumen elegant in seinen Hosenbund.

Lässig hockt er sich in sein Angeberauto, knallt die Türe zu, hängt seinen Ellbogen zum Fenster raus und säuselt zu Jil: »Ich freue mich auf unser Date, bis dann, Süsse!«, gibt Gas und lässt eine Staubwolke hinter sich zurück. Jack schaut ihm mit offenem Mund entsetzt nach. Jil steht mit rotem Kopf neben ihm. Jessy hängt sich bei ihr ein. Zusammen laufen sie Richtung Haus davon.

Jack steht fassungslos da. Was hat dieser Angeber soeben zu Jil gesagt? Das darf doch nicht wahr sein. Ein Date! Eilig folgt er den beiden Richtung Terrasse. Er will nichts Wichtiges von diesem Gespräch verpassen.

»Puh, dieser ungehobelte, schleimige Typ geht mir auf die Nerven. Jil, du findest den doch sicherlich nicht mehr sexy? Willst du ihn wirklich für deine Tochter anheuern? Du wirst doch wohl kein Date mit ihm abgemacht haben?«

Jessy schaut ihre Freundin vorwurfsvoll an. Jack versucht völlig desinteressiert daneben zu stehen, obwohl es ihn fast zerreisst. Ungeduldig und mit klopfendem Herzen wartet er auf die Antwort von Jil. Ein lautes Gebell und Hufgetrampel ist zu hören. Alle drei wenden den Kopf. Die beiden Hunde rennen den drei Reitern voraus. Ihre Kinder kommen von ihrem Ausritt zurück. Verdammt, ein schlechtes Timing. Jack ärgert sich und ballt ärgerlich die Fäuste.

Grace backt einen Kuchen. Gerne übernimmt sie zwischendurch das Zepter in der Küche. Ihre gute Seele wird um 16 Uhr eintreffen, um das Abendessen vorzubereiten. Grace liebt es zu backen, vor allem wenn sie ihre ganze Familie um sich hat. Ihre Wangen sind leicht rot gefärbt und ihre Augen strahlen. Sie nimmt den Kuchen aus dem Backofen. Der Schokoladenduft verbreitet sich sofort in der ganzen Küche. Soeben hört sie ein Auto zufahren. Dies müssten ihr Sohn und Enkel sein. Sie lächelt vor sich hin. Typisch, wie wenn sie es geahnt hätte. Und schon rennt Joshua in die Küche.

»Mmh, hier riecht es lecker!«

Er schleicht sich hinter seiner Grossmutter durch und versucht ein Stück zu erhaschen. Ihr Sohn kommt mit nachdenklicher Miene zu ihr, schenkt ihr ein gezwungenes Lächeln und küsst sie auf die Wange. Was ist denn dem über die Leber gelaufen? Grace runzelt die Stirn. Sie will ihn später danach fragen. Joshua sucht nach einem Messer. Seine Grandma klopft ihm zärtlich auf die Schulter.

»Nicht vor dem Abendessen.«

»Wir sind heute bis zum oberen Waldstück geritten. Ron und Ramona werden immer besser. Ich freue mich auf morgen. Dann kann ich ihnen unser Haus und die Umgebung mit unseren Pferden zeigen.« Joshua strahlt seine Grossmutter an. »Ich gehe nun eine Runde schwimmen, kommst du mit, Dad?«

»Ich komme sofort nach. Lass mich zuerst einen Kaffee trinken.«

Joshua flitzt in sein Zimmer, um sich die Badehose anzuziehen.

Jil und Jessy sitzen auf der Veranda und trinken einen Kaffee. »Mein Gott, Jessy. Sag du mir, was ich in Tim gesehen habe?«

Jessy kichert erleichtert vor sich hin. »Ich habe mir schon gedacht, dass du ihn heute nicht mehr so auffallend findest wie damals. Sonst hätte ich an dir zweifeln müssen. Er ist noch viel eingebildeter geworden als während der Schulzeit. Mit seinem schnittigen Porsche wollte er wohl Eindruck schinden. Als wenn wir noch grün hinter den Ohren wären und auf einen solchen Blender hereinfallen würden.«

Jil schaut ihre Freundin an und kann sich ein Grinsen nicht verkneifen. »Es würde mich brennend interessieren, ob er mit dieser Masche sein Ziel erreichen kann? Ich glaube, ich sehe mich nach einer anderen Möglichkeit für meine Tochter um. Er mag ja ein guter Mathelehrer sein, aber …«

»Es würde mich nicht wundern, wenn er sich jeweils an seinen Schülerinnen aufgeilt«, bemerkt Jessy. »Morgen fahren wir zu meinem Bruder. Freust du dich?«

Jil lächelt ihrer Freundin zu. »Du glaubst gar nicht, wie sehr ich mich darauf freue. Für mich ist es wie ein zweites Zuhause, welches ich sehr vermisst habe«, gesteht Jil.

Jack und Grace sitzen auf der Veranda. Die Sonne verschwindet langsam am Horizont. Ein wunderbares Farbenspiel von Orangegelb bis zu einem feurigen Rot zeichnet sich am Himmel ab. Jack schaut verträumt in die Ferne. Er freut sich sehr auf den Besuch von morgen. Wenn er doch nur wüsste, ob Jil wirklich mit diesem Angeber ausgehen wird? Er runzelt die Stirn. Ob ich Jessy anrufen soll?, überlegt er sich.

Grace sieht ihren Sohn von der Seite an. »Willst du darüber reden, was dich heute so griesgrämig stimmt?«

Jack dreht den Kopf zu seiner Mutter. »Tim war heute bei Jessy, um mit Jil über die Mathe-Nachhilfe für ihre Tochter zu sprechen. Du hättest diesen aufgeblasenen Möchtegern sehen sollen. Mit seinem schwarzen Porsche ist er vorgefahren und hat eine erbärmliche Show abgezogen.«

Aha, daher weht der Wind. Grace versteht nun die unsichere Stimmung ihres Sohnes. »Und du meinst, Jil mag ihn?«

Verzweifelt schaut Jack seine Mutter an. »Ich hoffe nicht! Er hat sie ›Süsse‹ genannt. Dieser ungehobelte Kerl!«

Am nächsten Morgen zeigt sich der Himmel nicht von seiner besten Seite. Grosse schwarze Gewitterwolken ziehen über das Land.

»Es wird jeden Moment zu regnen beginnen.« Jessy schaut genervt gen den Himmel.

Jil ist dies egal, sie freut sich wie ein kleines Kind. »Alles eingestiegen, dann können wir los.«

Die Fahrt dauert ca. eine Stunde. Kaum sind sie gestartet, fängt es bereits an zu regnen.

Jack hilft Grace, die gedeckte Veranda einladend herzurichten. Die Zimmer sind parat. Jessy bekommt wie immer ihr altes Kinderzimmer mit dem angrenzenden Bad und der neu eingerichteten Ankleide. Für Jil und ihre Kinder hat Betty den hinteren Gästetrakt mit zwei Schlafräumen, zwei Badezimmern und einer kleinen Bibliothek zurechtgemacht. Er selber hat es sich nicht nehmen lassen, noch einen Strauss Blumen in ihr Schlafzimmer zu stellen. Ob sie immer noch so eine Leseratte ist? Dann wird sie sich bestimmt über die Bibliothek freuen. Schon als Kind wusste man genau, wo sie zu finden war. Er hat sie oft heimlich beobachtet, wie sie in den alten Büchern geschmökert hat.

Ein greller Blitz erhellt den Himmel. Das Gewitter tobt nun bereits seit dem frühen Morgen. Die Temperaturen erreichen schwülwarme 25 Grad. Jack kann es kaum erwarten. Ihre gute alte Fee Betty steht schon seit frühmorgens in der Küche, um ein vorzügliches Willkommens-Menü herzurichten. Ob sich Jil noch an Betty erinnert? Sie hat ihnen früher immer nach einem anstrengenden Ausritt ihre köstlichen Schokoladenkekse und ein kaltes Glas Milch serviert. Trotz ihrer 70 Jahre ist sie heute noch die beste Köchin, die man sich wünschen kann. Betty hat ihn als kleinen Jungen schon immer verwöhnt. Er liebt sie wie seine Grossmutter und freut sich über ihre gute Gesundheit.

Betty werkelt erfreut in ihrer Küche. Sie kann es kaum erwarten, die kleine Jil wiederzusehen. Sie erinnert sich genau an sie mit ihren schwarzen langen Zöpfen. Ob sie ihr Haar immer noch lang trägt? Mit roten Wangen steht sie hinter einem Kochtopf und rührt die Suppe. Endlich wieder einmal Gäste im Haus. In letzter Zeit war es nach ihrem Geschmack viel zu ruhig.

Ein lautes dreimaliges Hupen lässt sie hochschrecken. Sie lacht vor sich hin. Typisch Jessy. Sie kündigt sich immer mit demselben Ritual an. Betty wischt sich die Hände an ihrer Schürze ab und eilt nach draussen.

Jack steht aufgeregt neben seiner Mutter und schaut seiner Schwester ungeduldig zu, wie sie den roten Landrover in die Einfahrt fährt. Joshua rennt ihnen, begleitet von seinem Hund, entgegen. Auch er freut sich auf seinen neuen Freund Ron und natürlich auch auf Ramona. Er findet sie sehr hübsch, obwohl er sich noch nicht so sehr für Mädchen interessiert.

Als Erstes springt Bambu aus dem Wagen und wedelt mit seinem Schwanz. Ron und Ramona folgen ihm. Zu dritt rennen sie mit den beiden Hunden Richtung Stallungen davon.

Jil begrüsst Jessys Mutter, als sie plötzlich eine alte Frau langsam aus dem Haus kommen sieht.

»Betty?«

Jil rennt auf die alte Frau zu und umarmt sie stürmisch. Betty lächelt und erwidert die Umarmung.

»Schön, dich wiederzusehen, meine kleine Jil.«

Verstohlen wischt sie sich eine Träne ab.

Jack steht mit den Händen in den Hosentaschen da und beobachtet die Szene. Eine solche Begrüssung hätte er sich auch gewünscht. Jil dreht sich um und sieht Jack vor sich stehen. Zum ersten Mal sieht sie ihn in einem ganz anderen Licht. Als attraktiven, erwachsenen Mann und nicht mehr als den grossen Bruder von Jessy, den sie immer geärgert haben. Sie lächelt ihn scheu an und reicht ihm ihre Hand. Jack durchfährt es wie ein Blitz, als er Jils Hand in seiner spürt. Sein Herz schlägt Purzelbäume.

»Wer begrüsst eigentlich mich?«

Jessy schaut vorwurfsvoll von einem zum anderen. Grace schliesst ihre Tochter in die Arme und haucht ihr einen Kuss auf die Wange.

Jack eilt zum Wagen und holt das Gepäck. Zusammen betreten sie das Haus. Jil kann sich nicht satt sehen.

»Es ist alles noch wie damals. Es hat sich nichts verändert.«

Jessy nimmt sie bei der Hand und zieht sie mit sich mit. Sie verschwinden im hinteren Teil des Hauses. Jack folgt ihnen langsam mit den Koffern. Er stellt sie soeben im Schlafzimmer ab, als Jil und Jessy von der Bibliothek herkommen. Jil strahlt ihn an und er bekommt weiche Knie.

»Ihr habt mir ausgerechnet die Schlafräume neben der Bibliothek eingerichtet. Herrlich!« Sie sieht den Blumenstrauss auf dem Tisch und schnuppert leicht daran. »Betty hat an alles gedacht«, strahlt Jil.

Jessy gluckst vor sich hin und kann sich nur mühsam das Lachen verkneifen. Sie vermutet, wer die Blumen da hingestellt hat. Jack wirft ihr einen vernichtenden Blick zu. Jil dreht sich um die eigene Achse und hat von alldem Gott sei Dank nichts mitbekommen.

Jack kann sich nicht satt sehen. Sie sieht aber auch wieder hinreissend aus. Am liebsten hätte er sie jetzt gleich in den Arm genommen.

Jessy packt ihn am Arm. »Komm, lassen wir Jil zuerst mal in Ruhe auspacken.«

Manchmal hätte er seine Schwester auf den Mond schiessen können.

8

Langsam geht die Sonne auf. Jil sitzt auf der Veranda und atmet tief die wunderbare frische Luft ein. Sie schliesst für einen Moment die Augen und versinkt in Gedanken. Die ersten Sonnenstrahlen wärmen angenehm ihre Haut. In der Ferne hört sie einen Vogel kreischen. Sie liebt diese Stille. Wie sehr unterscheidet sich dieser Platz von ihrem Zuhause! Erneut überlegt sie sich umzuziehen. Was hält sie eigentlich noch davon ab?

Plötzlich hört sie leise Schritte. Sie öffnet die Augen und sieht Jack in der Türe stehen. Ihr Herz schlägt ungewöhnlich schnell. Erstaunen macht sich in ihr breit. Jack kommt langsam auf sie zu und setzt sich neben sie.

»Guten Morgen, geniesst du die Ruhe?«

Jack sieht sie von der Seite an und lächelt. Ihr Herz setzt kurz aus. Sein Lächeln ist umwerfend. Seine türkisblauen Augen strahlen. Verwirrt blinzelt sie.

»Es ist traumhaft hier! So friedlich. Ich fühle mich ein Stück nach Hause gekommen«, flüstert sie leise. Gemeinsam schauen sie in die Ferne. Jack hätte gerne ihre Hand gehalten, doch er will sie nicht erschrecken. Er sollte sich endlich einen Ruck geben und sie um ein Date fragen!

»Jil?«

In diesem Moment lautes Gebell und Kindergetrampel. Die Kinder sind erwacht und stürmen auf die Veranda.

Barfuss und mit zerzausten Haaren laufen sie auf die Wiese und tollen mit den Hunden. Jil lächelt und freut sich für die Kinder. Wie oft musste sie ihre Zwillinge zu Hause ermahnen, nicht zu laut zu sein. Die Nachbarn könnten gestört werden. Hier gibt es weit und breit keine Nachbarn.

»Was wolltest du mich soeben fragen?« Sie schaut Jack lächelnd an.

»Wollen wir heute einen besonderen Ausflug unternehmen? Ich hätte eine tolle Idee.«

Wieder hat er nicht den Mut, sie um ein gemeinsames Abendessen zu bitten. Zu sehr fürchtet er sich vor einer Absage. Verärgert über sich selber steht er ruckartig auf. Jil erschrickt und schaut ihn fragend an.

»Was schwebt dir denn vor? Das tönt spannend!«

»Lass dich überraschen. Ich werde alles vorbereiten.«

Mit grossen Schritten schreitet er davon. Jil schaut ihm nach und fragt sich, was ihn verärgert hat. Sie wundert sich sehr darüber, wieso Jack keine Frau an seiner Seite hat. Sie muss bei Gelegenheit Jessy fragen.

Sie erhebt sich und eilt zu ihren Kindern. Ron und Ramona umarmen sie stürmisch und reden wild durcheinander. Joshua steht daneben und lacht. Die Hunde umkreisen sie und bellen laut. Ach, wie herrlich hier. Sie freut sich mit ihnen. Gemeinsam laufen sie Richtung Haus. Der Kaffeeduft weht ihnen entgegen. Der Tisch auf der Veranda ist bereits mit vielen Köstlichkeiten gedeckt. Auch so eine Bequemlichkeit, wenn man Personal hat. Die Kinder stürzen sich auf die warmen Brötchen.

»Halt, halt, ihr Rabauken! Zuerst wascht ihr euch die Hände und kämmt euch die Haare.«

Schmollend stehen sie wieder auf und marschieren im Gänsemarsch ins Haus. Jil folgt ihnen. Sie steigt die Treppe hoch. Sie will Jessy fragen, wieso Jack nicht wieder geheiratet hat. Sie klopft leise an die Tür ihrer Freundin. Stille, Jessy scheint noch zu schlafen. Jil kehrt enttäuscht um und begibt sich zurück auf die Veranda.

Joshua sitzt bereits am Tisch und lächelt verschmitzt. Er hat sich eine Erdbeere genommen und kaut genüsslich. Ramona und Ron poltern die Treppe herunter und rennen durch die Türe auf die Veranda. Die Hunde mit lautem Gebell hinter ihnen her. Sie setzen sich hin und bewundern die vielen Köstlichkeiten auf dem Tisch.

Jack steht in der Tür und beobachtet die Szene. Er lächelt vor sich hin. So hat er sich immer ein Frühstück mit einer grossen Familie vorgestellt. Endlich kommt Leben in die Bude, denkt er. Er setzt sich hin und gemeinsam beginnen sie mit dem Frühstück.

»Auf Jessy zu warten hat keinen Sinn, da sie sowieso noch ein, zwei Stunden schlafen wird«, erklärt er Jil.

»Kinder, hört zu. Wir fahren heute hinaus zu einem besonderen Ort. Mehr wird noch nicht verraten. In einer Stunde ist Abfahrt.« Jack strahlt übers ganze Gesicht.

»Juhui!« Lautes Geschrei tönt durch die Luft. Jil lächelt vor sich hin. Sie würde am liebsten mit den Kindern mitjubeln.

Jessy erwacht und streckt sich herzhaft. Es ist so still im Haus. Wo ist denn die ganze Schar? Sie tastet vorsichtig mit der Hand neben ihrem Bett an den Boden. Wo ist denn Bambu? Sie setzt sich auf und horcht. Überhaupt nichts zu hören. Komisch. Sie streckt sich und läuft barfuss ins angrenzende Bad. Sie duscht sich, wickelt sich in ein flauschiges Badetuch, türmt ihre Haare zu einem Turban auf. Sie cremt sich das Gesicht ein und schminkt sich sorgfältig.

Wieder horcht sie. Nichts zu hören. Langsam wird's unheimlich. Ob die ohne sie losgezogen sind? Sie hat heute aber auch wieder lange geschlafen. Na ja auch egal, so konnte ihr geliebter Bruder vielleicht endlich einmal sein Glück bei Jil versuchen.

Sie schmunzelt vor sich hin. Ihr Bruder … Unglaublich, wie zurückhaltend er ist. Ansonsten ist er doch auch nicht auf den Mund gefallen, überlegt sie. Sie weiss, dass Jack schon immer für Jil geschwärmt hat. Schade, dass nie was daraus geworden ist. Eigentlich hätte sie Jil einmal einen Wink geben müssen. Doch sie wollte sich nicht einmischen. Jil sollte selber darauf kommen. Sie war jedoch so vernarrt in Tim, dass sie keinen anderen Jungen beachtete.

Heute hatte sie das Gefühl, dass Jil ihren Bruder unmerklich musterte. In der Zwischenzeit weiss sie auch, dass sie keinen Freund hat und alleine ist. Obwohl sie ihr anvertraut hat, dass sie sich manchmal einsam fühlt und nach Zärtlichkeit sehnt. Wäre es nicht herrlich, wenn die zwei zueinanderfinden würden? Sie liebt ihren Bruder über alles und hätte ihm eine Frau wie Jil gewünscht. Seine erste Frau war wirklich eine Schlampe. Sie hatte es schon immer gewusst und konnte bis heute nicht verstehen, wie ausgerechnet ihr Bruder auf dieses Miststück reinfallen konnte. Auf der anderen Seite wäre sonst Joshua nicht da. Sie mochte Joshua sehr und weiss, dass ihr Bruder ihn über alles liebt. Er würde auch nie die Entscheidung für eine neue Partnerin alleine treffen, sondern zuerst mit seinem Sohn darüber sprechen. Wenn Joshua nicht einverstanden wäre, würde er hundertprozentig darauf verzichten.

Sie fühlt sich nach wie vor hier zu Hause. Sie findet es toll, dass ihr altes Mädchenzimmer immer für sie offen steht. Energisch schreitet sie die Treppe herunter. Es ist bereits nach elf Uhr. Das Frühstück steht jedoch für sie parat. Ihre geliebte Betty verwöhnt sie nach wie vor. Sie ist schon immer ein Langschläfer gewesen. Sie setzt sich an den Tisch und schenkt sich Kaffee ein. Da erst sieht sie den geheimnisvollen Zettel neben ihrem Teller liegen. *»Ich bin mit Jil und den Kindern nach … Du weisst schon wo … gefahren. Du kennst ja den Weg, falls Du uns folgen willst. Bambu haben wir mitgenommen. Dein Bruder Jack.«* Sie grinst, klar kennt sie den Weg. Als Kinder waren sie oft da. Es war immer ein besonderes Erlebnis. Sie wunderte sich nicht, dass Jack Jil ausgerechnet dahin geführt hat. Es ist für sie wie ein magischer Ort. Ganz klar, dass sie ihnen folgen wird. Aber zuerst will sie in Ruhe gemütlich frühstücken. In diesem Moment kommt Betty mit einem dampfenden Teller gelaufen und strahlt übers ganze Gesicht. Sie stellt ihn vor Jessy hin. Köstlicher Duft von Rührei und Schinken weht ihr entgegen. Betty weiss genau, was sie liebt. Mit Heisshunger stürzt sie sich darauf.

»Mom, wohin fahren wir?«, fragt Ron nun schon zum vierten Mal.

»Ich weiss es, ich weiss es!«, schreit Joshua und strahlt übers ganze Gesicht.

Ron stupst ihn von der Seite an. »Dann sag es mir!«

Joshua und Jack grinsen nur. Ramona flüstert Joshua ins Ohr: »Sagst du es mir?«

Joshua schüttelt verlegen den Kopf. Jack schaltet das Radio lauter und pfeift den Song mit. Joshua stimmt mit ein. Ramona kneift ihn in die Seite. Jack ist glücklich. So stellt er sich einen Familienausflug vor.

Bald haben sie ihr Ziel erreicht. Jil stockt der Atem, als sie die traumhafte Aussicht auf der Hochebene und den weissen Leuchtturm erblickt. Das Meer glitzert unter ihnen in der Sonne. Mein Gott, ist es hier schön! Aus ihrem Munde kommt unverhofft ein tiefer Seufzer. Jack beobachtet sie gespannt von der Seite. Er hat sich nicht getäuscht und gehofft, dass es ihr hier gefällt.

Die Kinder steigen rasch aus und flitzen mit den Hunden davon. Joshua will mit Ramona und Ron den Turm von der Nähe bewundern. Jack steigt aus, läuft ums Auto herum und öffnet Jil galant die Türe. Sie steigt aus und kann den Blick nicht von der atemberaubenden Aussicht abwenden ...

Die vier Wochen sind im Nu vorbei. Jil graust vor dem Abschied. Sie fühlt sich hier pudelwohl und kann sich nicht mehr vorstellen, diesen wunderbaren Ort zu verlassen. Sie schaukelt leicht mit der Hängematte und beobachtet ihre Kinder, welche mit Joshua spielen. Die Zeit ist viel zu schnell verflossen. Sie haben viel Tolles erlebt, viel gelacht und viel Zeit zusammen verbracht. Ihre Kinder waren noch nie so glücklich, und auch Joshua schien seine neuen Freunde zu mögen. Die lauen Abende in Gesellschaft von Jack, Jessy und deren Mom waren entspannend. Endlich fühlte sie sich nicht mehr so alleine.

Sie hat ihren Kindern versprochen, dass sie heute nochmals zusammen surfen gehen. Ihre Zwillinge beherrschen das Surfbrett erstaunlich gut. Sie wusste, wie gerne Ron schon immer ein Surfbrett gehabt hätte. Doch sie konnte sich nie solche Dinger leisten. Auch sie surft sehr gerne. Als Kind durfte sie immer ein Surfbrett von Jessy benutzen. Ihre Eltern hätten ihr keines kaufen können. Sie überlegt zum x-ten Mal, ob sie sich hier in der Nähe ein kleines Haus leisten könnte. Ihre Kinder könnten mehr Zeit mit

Joshua verbringen. Na ja, auch sie wäre um etwas mehr Gesellschaft erfreut.

Ihre Wangen fühlen sich plötzlich heiss an, ihr Herz pocht schneller. Verwirrt steigt sie aus der Hängematte. Ob sie sich ein bisschen in Jack verliebt hat? Ihr ist nicht verborgen geblieben, dass er sie manchmal zärtlich beobachtet. Liiert war er laut Jessy nicht. Gerne hätte sie Jessy noch mehr ausgefragt. Doch sie war imstande und erzählte ihm davon. Das wäre ihr sehr peinlich. Es gab Momente, wo sie einander ansahen und ihr Herz drohte stehen zu bleiben. Sie konnten sich stundenlang zusammen unterhalten und es wurde nie langweilig. Jedoch hatte sie bis jetzt nicht den Mut aufgebracht, ihn um ein Date zu zweit zu fragen. Sie war ein bisschen unsicher. Wenn er sie mochte, hätte er sie doch bestimmt gefragt. Er war manchmal so abwesend. Sie weiss nicht recht, was sie davon halten soll. Sie kommt sich ein wenig vor wie ein Teenager.

»Mom, wo bleibst du?«

»Ich komme!« Sie rennt ins Haus und stösst mit Jack zusammen, welcher soeben in seiner blauen Boxer-Badehose, ein Tuch über der Schulter, aus dem Haus tritt.

»Hoppla!« Er fängt sie auf und schaut sie amüsiert an. Seine Hände brennen sich in ihre Oberarme. Sie läuft rot an, entschuldigt sich und eilt hastig an ihm vorbei. Im Zimmer angekommen, muss sie sich zuerst einmal beruhigen. Es hat sich gut angefühlt an seiner harten Brust. Sie ruft sich zur Ordnung und zieht flink ihren Badeanzug an, bindet ihre Haare zusammen und streift ihr Strandkleid über den Kopf. Sie greift nach ihrer Badetasche und rennt die Treppe hinunter. Ihre Kinder warten ungeduldig auf sie. Jack steht, einen Arm um Joshua gelegt, strahlend daneben.

»Wenn es euch nichts ausmacht, würden wir euch gerne begleiten.« Verschmitzt schaut er Jil an.

Oh mein Gott! Jil kann ihren Blick nicht von seinem Body abwenden. »Gerne«, stottert sie leise. Was ist nur los mit mir? Verärgert eilt sie voraus.

9

Jil liegt im Bett. Seine Hand streichelt sanft über ihren Rücken. Sie kuschelt sich wohlig an ihn und seufzt leise. Er küsst sie zärtlich in den Nacken. Ein Schauer durchfährt Jil. Er rückt näher an sie heran und sie spürt sein Begehren. Abrupt dreht sie sich um. Ein schrilles Geräusch durchschneidet die knisternde Luft. Entnervt versucht sie es zu ignorieren. Erneut dieses nervtötende Geräusch. Sie wälzt sich auf die andere Seite. Verwirrt öffnet sie die Augen. Wo bin ich? Sie liegt alleine in ihrem Bett. Enttäuscht setzt sie sich auf und merkt, dass ihr Telefon schrillt. Erschrocken blinzelt sie auf ihren Wecker. Es ist ein Uhr früh. Bereits einen Monat ist es her, seit sie die wunderbare Zeit bei ihrer Freundin Jessy und dessen Familie verbracht hat. Schlaftrunken setzt sie sich auf und taumelt ins Wohnzimmer, wo das Telefon erbarmungslos schellt.

»Hallo?« Ein leises Weinen ist zu hören. »Hallo, wer ist denn da?« Jil kann nicht verstehen, wer sie mitten in der Nacht aus ihrem erotischen Traum gerissen hat. »Hallo, was ist denn los?« Angespannt hält sie das Telefon an ihr rechtes Ohr.

»Jil, ich bin's, Jessy.«

»Jessy, mein Gott, was ist passiert?« Jessy weint und bringt kein Wort heraus. »Ist etwas mit deiner Mutter?«

»Nein«, stottert Jessy, »entschuldige, dass ich dich geweckt habe. Ich bin total durcheinander und musste unbedingt mit jemanden sprechen. Joshua wird vermisst.«

»Was? Ich verstehe dich sehr schlecht!«, antwortet Jil aufgeregt.

»Joshua wird vermisst«, wiederholt Jessy zwischen zwei Schluchzern.

»Was, wieso, was ist denn geschehen?« Jil lässt sich auf ihr Sofa plumpsen. »Was ist mit Joshua?«

»Joshua wird seit gestern Abend vermisst. Ich bin hier ganz alleine. Jack und seine Freunde suchen bereits die ganze Nacht nach ihm.«

»Ja, aber um Gottes willen, was ist denn geschehen?« Jil steht ruckartig auf und läuft aufgeregt in ihrem Wohnzimmer hin und her.

»Joshua war gestern mit zwei Freunden am Meer. Als er dann um 18 Uhr nicht nach Hause kam, hat Jack Joshuas Freunde angerufen. Scheinbar haben sie ihn plötzlich nicht mehr gesehen und angenommen, er sei schon nach Hause gegangen. Obwohl sie dies merkwürdig fanden, haben sie sich keine Gedanken mehr darüber gemacht. Jack hat sie gefragt, wann sie ihn zuletzt gesehen haben. Er sei um 16 Uhr mit ihnen im Wasser gewesen, als er plötzlich rausging und Richtung Snackbar davonrannte. Sie meinten, er holt sich was zu trinken oder muss mal zur Toilette. Er kam aber nicht mehr zurück. Du weisst ja, wie Kinder sind, die haben sich nichts dabei gedacht und weitergeplanscht.«

Jessy weint fürchterlich. Jil versucht sie zu beruhigen.

»Die Polizei will, dass wir 24 Stunden abwarten, vorher machen die gar nichts. Es ist furchtbar, bis dahin kann so viel passiert sein«, schluchzt sie. »Ich muss aufhängen, Jack könnte versuchen, mich zu erreichen. Vielleicht haben sie ihn gefunden. Ich wollte dich nicht beunruhigen, aber ich habe solche Angst.«

»Du musst dich nicht entschuldigen. Ich bin froh, dass du mich informiert hast. Soll ich zu dir kommen? Meine Schwiegereltern schauen sicher zu Ron und Ramona. Dann komme ich sofort.«

»Oh ja, das wäre schön. Ich fühle mich so alleine. Aber du musst doch zur Arbeit?«

»Mach dir deswegen keine Sorgen. Das regle ich schon! Ich rufe jetzt sofort meine Schwiegereltern an und fahre danach los.«

Jessy atmet erleichtert auf. »Ich bin so froh, dass du kommst! Pass auf dich auf.«

Jil legt auf und setzt sich erschöpft hin. Hoffentlich ist nichts passiert. Sie kann sich gut vorstellen, wie Jack sich fühlen muss. Wenn ihren Kindern etwas passieren würde – nicht auszudenken! Plötzlich hört sie leise Schritte. Ron steht zerzaust vor ihr.

»Mami, was ist passiert?« Verschlafen reibt Ron sich die Augen.

»Komm, setz dich zu mir. Joshua wird vermisst. Ich werde sofort losfahren.«

»Ich will mitkommen, Mami!«

»Das geht leider nicht, Ron. Du kannst nicht die Schule schwänzen. Gran und Grandpa werden sich um euch kümmern. Ich rufe sie jetzt sofort an.«

»Mitten in der Nacht?« Ron schaut sie verwundert an.

»Ja, sie werden das verstehen. Dies ist ein Notfall. Du kannst Ramona morgen alles berichten. Geh wieder schlafen. Ich werde euch anrufen, sobald ich angekommen bin.« Jil streichelt Ron durch die Haare und nimmt ihn in den Arm. »Sei ein grosser Junge und pass auf deine Schwester auf!«

Ron schaut sie stolz an. »Klar, Mami, mache ich!« Er schlurft zur Türe, wendet sich nochmals um und winkt ihr zu.

Jil ist so stolz auf ihren Jungen. Sie wischt sich eine Träne von der Wange und überlegt sich, was sie zuerst in Angriff nehmen soll.

Jessy steht im Hausflur. Zum hundertsten Mal schaut sie zum Fenster hinaus. Nichts zu sehen. Dunkelheit umgibt das Anwesen. Jack hat sie vor einer halben Stunde angerufen und mitgeteilt, dass sie noch keine Spur von Joshua haben. Jil ist jetzt bestimmt schon unterwegs zu ihr. Sie ist froh darüber. Alleine hier zu sitzen und zu warten ist grausam. Cash stupst seine feuchte Nase an ihr Bein und winselt leise. Sie bückt sich zu ihm herunter, hebt ihn hoch und setzt sich aufs Sofa. Sie streichelt ihm sanft das Fell.

»Wenn wir ihn nur endlich finden würden!«

Cash neigt seinen Kopf auf die Seite und schaut sie aus seinen schwarzen Kulleraugen an. Er scheint genau zu spüren, dass etwas nicht in Ordnung ist. Jack hat Bambu mitgenommen. Aber Cash ist zu klein für die Suche. Jessy drückt ihn fest an sich.

»Wir werden deinen Freund finden«, flüstert sie ihm ins Ohr und setzt ihn neben sich aufs Sofa.

Abermals steht sie auf und schaut aus dem Fenster. Die Stille im Haus macht sie noch wahnsinnig. Langsam bewegt sie sich zurück ins Wohnzimmer und setzt sich wieder aufs Sofa. Cash springt sofort auf ihren Schoss und rollt sich zusammen. Sie stiert auf ein Bild von ihrem Bruder und Joshua. Erneut kullern ihr die Tränen über die Wangen. Gottlob ist ihre Mutter für ein paar Tage verreist. Nicht auszudenken, wie sehr sie sich ängstigen würde.

Jil sitzt in ihrem Auto und fährt Richtung Dunedin. Neben ihr steht eine Kanne mit heissem, schwarzem Kaffee. Der Radio plärrt in einer extremen Lautstärke. So bleibt sie wach. Wie sie es erwartet hat, sind ihre Schwiegereltern sofort losgefahren, um sich um ihre Zwillinge zu kümmern. Ihre Gedanken schweifen zu Jack. Wie musste er sich fühlen?!

Wiederholt kontrolliert sie ihr Handy. Jessy hat versprochen, sofort anzurufen, wenn sie etwas Neues weiss. Der Verkehr läuft zügig. Kaum jemand ist um diese Zeit unterwegs. Sie sollte gegen sieben oder halb acht Uhr in Ocean Grove ankommen.

Plötzlich klingelt ihr Handy. Erschrocken fährt sie zusammen, stellt ihr Radio leiser und meldet sich über die Freisprechanlage.

»Jil, wo bist du?« Jessy weint.

»Ich bin unterwegs. Hast du schon etwas von Jack gehört?«

»Ja, vor ein paar Minuten. Leider keine Neuigkeiten. Sie suchen weiter. Ich bin hier so alleine und halte es kaum aus. Gott sei Dank ist Cash bei mir. Was denkst du, wann du hier eintreffen wirst?«

»Es läuft zügig. Ich denke, dass ich so nach sieben Uhr bei dir sein sollte. Leg dich hin, vielleicht schläfst du ein wenig, und dann bin ich schon bald bei dir.«

Jil versucht Jessy zu beruhigen. Sie telefonieren noch eine Weile zusammen.

Jack fährt sich über das Gesicht. Er versucht sich zum x-ten Mal vorzustellen, wo sein Junge sein könnte. Er kann es nicht begreifen. Sie haben den ganzen Strandabschnitt abgesucht und bewegen sich nun Richtung Hinterland,

Bambu immer an seiner Seite. Jack ist hundemüde. Er fragt sich, ob er nicht noch einmal die Polizei anrufen soll. Vielleicht kommen sie doch früher, denn sie könnten gezielter und schneller ein grösseres Stück absuchen. Energisch zieht er sein Handy aus der Hosentasche und wählt die Nummer der Polizei.

Jil hat es bald geschafft. Sie ist froh, als sich langsam die Sonne am Horizont zeigt. Bei Tageslicht fällt es ihr leichter zu fahren. Sie fühlt mit Jack. Es ist schlimm, sein eigenes Kind zu vermissen.

Jessy schreckt hoch und reibt sich ihren Nacken. Sie muss im Sitzen eingenickt sein. Die Türe wird aufgeschlossen. Sie rennt in den Flur, Cash hinter hier her. Jack steht mit hängenden Schultern da. Sie geht zu ihm hin und nimmt ihn in den Arm. Leise schluchzt er an ihrer Schulter. Plötzlich reisst er sich los.

»Ich kann es nicht verstehen!«, ruft er aufgebracht. Jessy führt ihn ins Wohnzimmer. Zusammen setzen sie sich auf die Couch. »Es muss doch irgendwas zu finden sein!« Jessy schaut Jack fragend an. »Seine Mütze, sein Badetuch, alles verschwunden.«

Plötzlich hören sie ein Fahrzeug vorfahren. Jessy springt auf und eilt erneut zur Tür. Sie sieht durch das Fenster, dass Jil gerade aus ihrem Auto aussteigt. Schnell öffnet sie die Tür und rennt ihr entgegen. Jil lässt ihre Tasche fallen und nimmt Jessy in die Arme.

»Oh, Jil. Ich bin so froh, dass du da bist. Es ist einfach furchtbar.«

Sie weint an Jils Schulter. Langsam schreiten sie Richtung Haus. Jack steht verdutzt in der Tür. Sein Atem geht schneller. Jil schaut ihn verlegen an. Er kann nicht anders, tritt auf sie zu und reisst sie in seine Arme. Jil durchfährt es wie ein Blitz, sie holt tief Luft. Ein Seufzer verlässt ihre Lippen. Sie schmiegt sich in seine Arme. Ihr wird heiss. Sie halten sich fest umschlungen.

Plötzlich fahren sie verwirrt auseinander. Jil streicht sich eine Strähne, die sich aus ihrem Zopf gelöst hat, hinter das Ohr. Sie spürt ihre glühenden Wangen und ihr pochendes Herz.

Sie macht mich noch wahnsinnig. Jack dreht sich ruckartig um und geht ins Wohnzimmer. Jessy nimmt ihre Hand und sie folgen Jack.

Plötzlich schrillt das Telefon, Jil zuckt zusammen. Jack greift hastig danach.

»Hallo?« Jack hört eine Frau hysterisch weinen. »Hallo, wer ist am Apparat?« Er runzelt seine Stirn.

»Es tut mir so leid«, schluchzt die Frau.

»Wer ist denn dran?«, fragt Jessy ungeduldig.

Jack hebt seine Schulter und schüttelt den Kopf. Plötzlich durchfährt es ihn wie ein Blitz. »Cassie, bist du das?«

Jessy schaut Jil konfus an. Jil erinnert sich schwach, dass ihr Jessy einmal von Jacks Exfrau erzählt hat.

»Es tut mir so leid«, schluchzt die Frau wiederholt.

»Cassie, hast du Joshua bei dir? Was ist denn eigentlich los? Sag schon endlich!«

Jack schreit jetzt ins Telefon und läuft im Wohnzimmer auf und ab. Die Frau weint erbärmlich und ist nahezu hysterisch. Jack weiss jetzt, dass es Cassie sein muss. Nur sie kann sich so in Szene setzen.

»So red doch endlich!«

Jack verliert seine Geduld. Jessy hält es nicht mehr aus, sie reisst ihrem Bruder das Telefon aus der Hand und schreit in die Sprechmuschel: »Cassie, du blöde Kuh, hast du Joshua bei dir? So red doch endlich und hör auf, eine Show zu inszenieren!«

Jack angelt sich den Apparat zurück. »Cassie, was ist denn eigentlich passiert?«

Cassie stottert etwas vor sich hin. Jack versteht nur Wortfetzen: »Es geht, nicht gut, ich Geld, habe mir gedacht, Joshua geholt …«

»Halt, nun mal langsam, fang noch mal von vorne an!«

Plötzlich hört Jack im Hintergrund seinen Sohn: »Daddy, bist du das?«

»Joshua!«, schreit Jack. »Wo seid ihr?«

Jack redet nun ganz leise. Er weiss, wie er Cassie beruhigen kann, damit sie endlich redet.

»Wir sind bei mir.«

»Und wo ist das, bitte schön?«, fragt Jack ungeduldig. Cassie erklärt es ihm. »Ich komme sofort und ihr bewegt euch nicht vom Fleck!«

Er knallt das Telefon auf den Tisch und rennt los.

»Sie hat meinen Sohn bei sich. Scheinbar geht es um Geld. Ich muss sofort los. Bitte informiert die Polizei. Ich melde mich, sobald ich da bin.«

»Ich komme mit!« Jessy rennt hinter ihrem Bruder her.

»Nein, bitte lass mich das alleine klären. Ich melde mich sofort.«

Er nimmt seine Schwester in die Arme, haucht ihr einen Kuss auf die Stirn, winkt Jil zu und weg ist er. Jessy geht zurück zu Jil.

»Diese blöde Schlampe! Ich habe es ja schon immer gesagt. Die sollte man auf den Mond schiessen. Meldet sich jahrelang nicht mehr und macht hier nun so eine Szene. Ich könnte sie mit meinen eigenen Händen erwürgen, dieses Miststück.«

Jil packt Jessys Hand und zieht sie zu sich aufs Sofa. »Beruhige dich, Jack wird ihr schon die Meinung sagen.«

Jessy schüttelt den Kopf. »Ich kann es einfach nicht glauben, dies ist wieder mal typisch für sie. Sie hat sich kein bisschen geändert. Immer geht es nur ums Geld. Soll sie doch zu ihrem Papa betteln gehen. Aber eben, der wird seinen Geldhahn auch zugedreht haben.«

Jessy kann sich nicht beruhigen und springt auf. Cash winselt und schleicht unters Sofa. Bambu folgt ihm, bleibt aber mit dem Kopf stecken. Er ist zu gross für unters Sofa. Er weiss, es ist nicht gut Kirschen essen mit seiner Herrin, und zieht den Schwanz ein.

Jil ist erst mal froh, dass Joshua wohlauf ist. Erneut zieht sie Jessy zu sich aufs Sofa und versucht sie zu beruhigen.

Eine Stunde später hat Jessy sich einigermassen beruhigt. Sie sitzen immer noch auf dem Sofa und überlegen sich, wohin Jack gefahren ist. Bambu liegt ihnen zu Füssen und Cash hat sich zwischen seinen grossen Vorderpfoten zusammengerollt.

Jack rast durch die Strassen. Ich muss vorsichtig fahren, ermahnt er sich und nimmt seinen Fuss vom Gaspedal. Verkrampft hält er das Steuerrad. Seine Knöchel treten weiss hervor. In einer guten halben Stunde sollte er beim Flughafen Dunedin sein. Er wählt die Nummer seines Freundes Tyler. Dieser hat eine eigene Maschine und wird ihn bestimmt nach Auckland fliegen. So kann er, wenn alles gut läuft, seinen Sohn bereits in zwei Stunden wieder in die Arme schliessen.

Was hat sie sich nur dabei gedacht? Er schüttelt energisch den Kopf. Er ist froh, dass es seinem Sohn gut zu gehen scheint. Eigentlich wundert ihn diese Aktion überhaupt nicht. Damals ist sie von einem Tag auf den anderen mit Sack und Pack abgehauen und hat ihm eine Notiz hinterlassen: »*Ich verlasse dich, es tut mir leid, aber ich kann so nicht leben*«, war alles, was sie geschrieben hat.

Ihn hat es nicht gewundert, denn dies passte zu ihr. Er sorgte sich nur um seinen Sohn, obwohl sie sich so gut wie nie um ihn gekümmert hat. Wenn sie ihn einmal in seinem Kinderzimmer besucht hat, war dies nur, wenn sie sich verabschieden wollte, um auf die nächste Party zu fahren, und ihm eine gute Nacht wünschte. Joshua sass jeweils in seinen Spielsachen und schaute sie mit grossen Augen verwundert an. Sie hauchte ihm einen Kuss auf die Stirn und verschwand.

Nachdem sie abgehauen war, fragte Joshua nicht oft nach ihr. Er wunderte sich nur, dass sie ihn nicht mehr im Kinderzimmer besuchte. Jack war froh darüber. Kurz darauf entschied er sich gegen die Architektur, zog mit seinem Sohn auf das Anwesen seiner Eltern und führte dies ab sofort mit seinem Vater zusammen. Er hatte diesen Schritt nie bereut und wusste, dass er eigentlich nur seiner Frau zuliebe in der Stadt geblieben war. Denn Cassie kam damit nie klar und sträubte sich, mit ihm auf der Farm zu leben.

Von Weitem sieht er bereits die Lichter des Flughafens.

Jil schreckt hoch und weiss im ersten Moment nicht, wo sie ist. Sie liegt auf einem Sofa und halb auf ihr liegt Jessy. Das Telefon schrillt. Sie müssen eingeschlafen sein. Sie versucht sich unter Jessy zu erheben. Vorsichtig rüttelt sie diese an den Schultern. Jessy stöhnt und öffnet die Augen. Sie erhebt sich mühsam und greift verwirrt nach dem Telefon.

»Hallo?«

»Ich bin's. Joshua geht es gut, willst du ihn kurz sprechen?«

»Na klar!«

Jessy ist hellwach. Jack reicht das Funktelefon seinem Sohn.

»Tante Jessy, mir geht es gut. Wir kommen bald nach Hause.«

Jessy kullern die Tränen über die Wangen vor Erleichterung. »Passt auf euch auf«, haucht sie ins Telefon und legt auf.

Jil schaut sie verwundert an. »Alles in Ordnung?«

Jessy nickt und wischt sich die Tränen weg. »Ja, Gott sei Dank. Joshua geht es gut. Sie sind auf dem Weg nach Hause. Ich bin ja so glücklich.«

Stürmisch umarmt sie Jil und tanzt mit ihr durch den Salon. Bambu und Cash rennen um die beiden herum und bellen euphorisch.

Jil ist erleichtert. Sie ruft ihre Familie an, um ihnen die fantastische Neuigkeit zu erzählen. Jessy hängt sich bei Jil ein und gemeinsam steigen sie die Treppen hoch. Ein paar Stunden Schlaf kann ihnen nicht schaden.

Jil liegt im Gästezimmer und denkt an Jack. Sie ist so froh, dass alles ein erfreuliches Ende genommen hat. Sie erinnert sich an die stürmische Umarmung von Jack. Wie geborgen sie sich in seinen starken Armen gefühlt hat. Sie errötet bei dem Gedanken und erinnert sich an den sinnlichen Traum von heute Morgen. Sie schliesst erschöpft die Augen und einige Sekunden später ist sie auch schon eingeschlafen.

10

Ron und Ramona sitzen am Tisch und streiten sich um das letzte Stück Apfelkuchen. Grandma lächelt.

»Wisst ihr was, wir lassen das letzte Stück für eure Mom übrig. Was meint ihr?«

»Kommt sie denn bald wieder zurück?«, fragt Ron und schaut seine Grossmutter flehend an.

»Das ist aber lieb von euch, da freue ich mich. Ich habe einen Bärenhunger!«

Verdutzt schauen sich die Kinder um. »Mom, Mom!«

Wie auf Kommando springen sie auf. Ihre Stühle wackeln gefährlich. Sie rennen auf sie zu. Ramona ist zuerst bei ihrer Mutter und drückt sich fest an sie. Jil schliesst sie lächelnd in ihre Arme. Ron versucht seine Arme um beide zu schlingen.

»Wie geht es Joshua, ist er wieder zu Hause?« Ron ist ganz aus dem Häuschen.

»Sachte, sachte, Kinder. Ich war doch nur zwei Tage weg.« Sie schmunzelt.

Grandpa rückt seine Brille zurecht. »Komm, setz dich erst mal und ruh dich aus.«

Grandma holt ihr eine Tasse und schenkt ihr einen Kaffee ein. Mit einem Seufzer der Erleichterung setzt sich Jil hin. Ramona und Ron stellen sich je auf einer Seite neben ihre Mutter und weichen ihr nicht mehr von der Seite.

»Er ist gesund wieder zu Hause. Ich soll euch alle herzlich grüssen und wir sollen sie bald wieder besuchen.«

Grandpa ist das Funkeln in Jils Augen nicht entgangen. Trotz ihrer Müdigkeit sieht sie glücklich aus, denkt er. Es wäre toll, wenn seine Schwiegertochter wieder glücklicher werden würde. Er wünscht sich dies von ganzem Herzen.

»So, Kinder, ihr geht nun ins Bad, putzt euch die Zähne und zieht die Pyjamas an. Eure Mutter braucht nun Ruhe. Sie kann euch morgen alles genau erzählen.«

»Och, Grandma!«

»Kommst du nachher noch zu uns, Mom?«

»Natürlich, geht schon mal vor.«

Ron und Ramona schleichen widerstrebend davon.

Jil erzählt Ihren Schwiegereltern leise, was genau vorgefallen ist. Sie schütteln entsetzt den Kopf.

»Mom, kommst du?«

Jil erhebt sich müde und huscht ins Kinderzimmer. Ihre beiden Kinder strecken ihr bereits das Buch entgegen.

»Liest du uns noch ein Kapitel vor?«

Jil kuschelt sich zu ihren Kindern. Sie liegen zu dritt in Ramonas Bett. Sie schlägt das Buch auf und fängt an zu erzählen.

»Hast du auch das Gefühl, dass Jil glücklicher aussieht als vor ihrem Aufbruch?«

Grandpa schaut seine Frau über die Brille weg an und lächelt. »Hast du es also auch bemerkt. Ich weiss nicht, was noch vorgefallen ist. Sie wird es uns bestimmt erzählen, wenn sie dazu bereit ist. Ich freue mich auf alle Fälle darüber, dass sie glücklicher zu sein scheint.«

Grandma erhebt sich und geht Richtung Kinderzimmer. Sie steht lächelnd unter der Türe. Alle drei liegen auf Ramonas Bett. Das Buch liegt aufgeklappt auf Jils Brust. Sie schlafen tief und fest. Vorsichtig nimmt sie das Buch von Jils Brust. Es wird das Beste sein, Jil schlafen zu lassen, denkt Grandma, kehrt zurück zu ihrem Mann. Zusammen räumen sie die Küche auf, legen Jil einen Zettel auf den Küchentisch und fahren nach Hause.

Jack liegt in seinem Bett und denkt über die vergangenen zwei Tage nach. Wie gut sich Jil in seinen Armen angefühlt hat! Sie hat sich fest an ihn gedrückt. Sein Körper hat sofort darauf reagiert. Vielleicht bildet er sich nur etwas ein, aber er hatte das Gefühl, es hat ihr gefallen. Verärgert erhebt er sich aus dem Bett. An Schlaf ist nicht zu denken. Leise schleicht er in die Küche und schenkt sich ein Glas Wasser ein. Er steht am Küchenfenster und schaut in den Garten. Der Mond scheint hell und zaubert verschiedene Schatten an die Wand. Er erinnert sich an die Schattenspiele, die seine Schwester und er immer gespielt haben. Er stellt das Glas auf die Theke und versucht mit den Händen einen Hasen zu formen. Verschmitzt schaut er sich den Schatten an. Ich kann es also noch.

Jil öffnet verwirrt die Augen. Wo bin ich? Eine Hand liegt auf ihrem Bauch. Sie dreht sachte ihren Kopf und sieht direkt in das Gesicht ihres Sohnes. Sie erinnert sich, dass sie ihren Kindern vorgelesen hat. Sie lächelt und schiebt sanft Ron's Arm auf die Seite. Sie klettert vorsichtig über Ramona, welche sich neben Ron gekuschelt hat. Sorgfältig deckt sie ihre Kinder zu und verlässt auf Zehenspitzen das Zimmer.

In der Küche liegt ein Zettel ihrer Schwiegereltern auf dem Küchentisch. Das Stück Apfelkuchen steht zugedeckt daneben. Sie setzt sich an den Tisch und isst genüsslich. Sie hat einen Bärenhunger. Ihre Gedanken schweifen zurück zu den letzten zwei Tagen. Es war eine aufregende Zeit, mit Hoffnungen und Sorgen durchweht. Errötend erinnert sie sich an den Moment, wo Jack sie in die Arme geschlossen hat. Seit Langem hat sie sich nicht mehr so geborgen gefühlt. Ob sie sich in Jack verliebt hat? Sie kann die Gefühle noch nicht so recht einordnen. Auf alle Fälle war es wunderschön.

»Mom?« Sie dreht sich um. Ron steht in der Tür und schaut sie mit kleinen Augen an. »Gehst du wieder weg?«

Sie streckt ihrem Sohn die Arme entgegen und schüttelt energisch den Kopf. Er flitzt zu ihr und schmiegt sich in ihre Arme.

»Nein, mein Schatz. Ich bin erwacht und habe nun den Apfelkuchen gegessen, den ihr mir übrig gelassen habt. Komm, schlüpfen wir wieder ins Bett, es ist noch früh am Morgen.«

Sie legt ihren Arm um die Schulter ihres Sohnes und führt ihn zurück in sein Bett.

Jessy wird von lautem Gebell geweckt. Was ist denn hier schon wieder los? Stöhnend dreht sie sich auf die andere Seite, schmeisst sich das Kissen über den Kopf und versucht weiterzuschlafen.

Joshua spielt im Garten mit Bambu und Cash. Er ist glücklich und grinst übers ganze Gesicht. Hier ist es einfach am schönsten. Als die schöne Frau auf ihn zugekommen ist, hat er sich gewundert. Der süssliche, aufdringliche Duft kam ihm irgendwie bekannt vor, doch wusste er nicht, woher. Als sie sich zu ihm hingebeugt hat, stiegen plötzlich Erinnerungen aus seiner Kindheit in ihm hoch. Er sieht sich in seinem Spielzimmer zwischen seinen Modellautos sitzen, die Tür ging auf und seine wunderschöne Mutter schwebte, begleitet von einem süsslichen Parfumduft, ins Zimmer, hauchte ihm einen Kuss auf die Stirn und war auch schon wieder verschwunden. Ob diese Frau hier seine Mutter war? Er starrte die Frau an und konnte nicht begreifen, was sie ihm erzählte. Total verwundert ging er mit ihr mit. Nachträglich fragt er sich, wieso er dies überhaupt getan hat. Bambu springt hoch und hätte ihn bald umgeworfen. Lachend wirft er ihm den Ball weg und Bambu schiesst wie der Blitz davon. Cash versucht ihm zu folgen, ohne Chance.

Jack steht auf der Veranda und sieht seinem Sohn zärtlich beim Spiel zu. Sein Herz zieht sich schmerzlich zusammen. Er ist so froh, dass alles glimpflich abgelaufen ist. Seine Exfrau wird sich hüten, je wieder so eine Aktion durchzuziehen.

Joshua winkt ihm zu. »Komm, Dad, ich kann Unterstützung gebrauchen.«

Jack läuft zu seinem Sohn hin, hebt ihn hoch und wirft ihn über seine rechte Schulter. Joshua quietscht empört. Lachend rennt er mit ihm über die Wiese. Cash und Bambu bellend hinterher.

»Mom, aufstehen!«

Ron rüttelt seine Mutter. Jil öffnet die Augen. Sie schielt auf den Wecker und traut ihren Augen nicht.

»Es ist doch nicht schon zwölf Uhr?«, fragt sie ihren Sohn.

Ron grinst vor sich hin. »Wir wollten dich nicht wecken. Du musst sehr müde gewesen sein. Ramona und ich haben zu Mittag gekocht.«

Stolz hebt er die Brust und zieht seine Mutter aus dem Bett. Barfuss und im Nachthemd läuft sie ihrem Sohn hinterher in die Küche. Ramona steht mit einer geblümten Schürze, die ihr bis zu den Knöcheln reicht, auf einem Schemel am Herd und rührt vorsichtig in einer Pfanne. Auf dem Tisch stehen drei Teller, welche mit drei verschiedenfarbigen Servietten geschmückt sind. Messer und Gabel sind verdreht hingelegt worden. Sie schmunzelt vor sich hin.

»Toll, was gibt es denn?«

Sie schnuppert mit der Nase und versucht in den Topf zu schauen. Ramona wedelt mit der Hand.

»Nein, das ist eine Überraschung. Setz dich hin. Es wird bald serviert.« Gewichtig hebt sie ihren Kopf und weist ihre Mutter zum Tisch.

»Ich zieh mir nur schnell was an!«

Jil lächelt vor sich hin und verlässt die Küche. Sie geht ins Bad, wäscht sich das Gesicht und zieht sich ihren Hausanzug an und schmunzelt vor sich hin. Sie liebt ihre Kinder über alles. Sie ist gespannt, was es zu essen gibt. Die Küche sieht zwar chaotisch aus, aber das ist ihr egal. Hier zählt nur die Idee der Kinder, sie zu überraschen. Mein Gott, sie muss ja völlig auf den Felgen gewesen sein. Es war aber auch eine nervenaufreibende Zeit. Schnell läuft sie zurück in die Küche. Ron ist soeben dabei, drei gefüllte Gläser auf einem Servierbrett zum Tisch zu balancieren. Seine Zungenspitze ragt aus dem Mund. Ängstlich schaut sie ihm zu. Sie will sich heute nicht einmischen und lässt ihre Kinder hantieren.

Ramona nimmt den Teller ihrer Mutter, schöpft aus dem Topf und stellt ihn ihrer Mutter stolz vor die Nase. Darin schwimmen drei verschiedene Teigwaren in roter Sauce. Ron reicht ihr den Parmesan. Ramona füllt auch noch die anderen beiden Teller und setzt sich an den Tisch. Jil versucht vorsichtig mit ihrer Gabel. Es schmeckt gar nicht schlecht. Die Nudeln sind ein wenig zu weich und die Penne ein wenig zu hart, die Sauce zu dünn, aber alles ist gut abgeschmeckt worden.

»Hm, schmeckt aber köstlich, vielen herzlichen Dank!«

Ron und Ramona strahlen übers ganze Gesicht.

»Ich durfte die Teigwaren in die Pfanne werfen«, erzählte Ron stolz. »Da ich mich nicht entscheiden konnte, habe ich Nudeln, Spiralen und Penne genommen. Sieht doch toll aus, oder?«

»Ich habe dir aber gesagt«, belehrt Ramona ihren Bruder, »dass diese nicht alle die gleiche Garzeit haben. Trotzdem hast du alle zusammen reingeschmissen. Siehst du nun, die Nudeln sind verkocht und die Penne noch hart.«

Kopfschüttelnd schaut sie ihren Bruder an. Dieser kichert vor sich hin und bald stimmen alle in sein Gelächter ein.

11

Bereits zieht der Winter ins Land. Jil ist auf dem Weg zur Arbeit. Sie zieht sich den Schal über das Gesicht. Eine kalte Brise weht, schwarze Wolken ziehen vorbei. Es wird jeden Moment zu regnen beginnen. Sie beeilt sich, ins Warme zu kommen. Bald haben die Kinder Winterferien. Die Schwiegereltern wollen sie unbedingt eine Woche zu sich nehmen. Sie hat sowieso keine Ferien mehr, deshalb ist sie froh, wenn ihre Kinder eine Abwechslung haben. Sie freuen sich immer, wenn sie zu den Grosseltern fahren dürfen. Sie könnten eigentlich heute Abend kurz vorbeifahren und sie besuchen.

Im Büro ist schon Licht, sehr wahrscheinlich ist ihre Arbeitskollegin Leslie schon da. Heute wollten sie ja noch das neue Buchhaltungsprogramm zusammen anschauen, da ihr Chef ausser Haus tätig ist und sie so Ruhe hatten.

Jack sitzt am Frühstückstisch und träumt wieder mal vor sich hin. Eigentlich sollte er schon an der Arbeit sein. Jedoch ist das einer der Vorteile, wenn man sein eigener Chef ist. Er kann sich erlauben, heute ein wenig später zu beginnen.

Eigentlich hätte er gerne Jil angerufen, um einmal mit ihr alleine zu sprechen. Er will sie nun endlich um ein Date bitten. Der Zeitpunkt ist ungünstig, da sie bestimmt im

Büro sitzt. Aber heute Abend werde ich anrufen, schwört er sich. Beschwingt von dieser Idee erhebt er sich und geht an die Arbeit.

Jessy liegt im Bett und rekelt sich. Blinzelnd schaut sie auf die Uhr. Elf Uhr vorbei, na ja, Zeit aufzustehen. Sie schwingt sich aus dem Bett und wäre beinahe auf Bambu getreten, der neben ihrem Bett leise vor sich hin schnarcht. Sie steigt über ihn hinweg und tänzelt ins Bad. Das war doch wieder mal ein toller Abend gestern. Mit ein paar Freunden war sie in Dunedin am Feiern. Als die Bar um zwei Uhr schloss, sind sie noch an den Strand gefahren und haben mit einer Flasche Champagner und Pappbechern weitergefeiert. Ihr Kopf brummt. Heute lässt sie es langsam angehen. Sie lässt Wasser in ihre grosse Whirlwanne laufen und wirft zwei rote Badeperlen hinein. Sie zieht ihr Negligé aus und gleitet wohlig in die Wanne. Sie setzt die Düsen in Betrieb und drückt auf die Fernbedienung ihrer Stereoanlage. Leise summt sie zur Musik und geniesst die wohlige Wärme.

Jil kehrt von einem anstrengenden Tag nach Hause zurück. Ron und Ramona öffnen ihr freudig die Tür und umarmen sie.

»Wollen wir heute Abend zu Grandma und Grandpa fahren?«

»Au ja, super!«, rufen beide wie im Chor.

Jack hält seit zehn Minuten sein Telefon in der Hand und hat immer noch keine Nummer gewählt. Wenn ihn Jessy so sehen könnte, würde sie ihn auslachen. Komm schon, Junge, gib dir einen Ruck. Er wählt langsam die Nummer von Jil, doch beim ersten Klingeln verlässt ihn der Mut und er drückt die »Aus«-Taste. Abermals nimmt er einen Anlauf. Der Summton ist zu hören, einmal, zweimal, dreimal. Scheint niemand zu Hause zu sein. Enttäuscht legt er auf. Versuch ich es morgen nochmals, denkt er, holt sich ein Bier und setzt sich vor den Fernseher. Er schaltet durch das Programm und bleibt an einem Dokumentarfilm hängen.

Jil sprintet die Treppe hinauf und öffnet die Wohnung. Zu spät, das Telefon hat aufgehört zu klingeln.

»Wer ist es, Mami?« Ron steht in der Tür.

»Es war schon zu spät. Wenn es wichtig ist, wird sich die Person schon wieder melden.«

»Nun ist es aber höchste Zeit für euch, ab ins Bett!«

Jil setzt sich auf die Couch und streckt die Beine von sich. Die Kinder schlafen endlich. Sie sind immer so aufgedreht, wenn sie vom Besuch der Grosseltern kommen. Sie überlegt einen Augenblick, ob sie sich noch einen Tee kochen soll. Eigentlich hat sie gar keine Lust mehr fernzugucken. Sie geht ins Bad unter die Dusche, schlüpft in ihr Nachthemd und geht ins Bett. Sie greift nach ihrem Buch und schlägt es auf. Wie geht es wohl Jessy, Jack und der Familie? Ob sie wieder mal anrufen soll? Irgendwie geht ihr Jack nicht mehr aus dem Kopf. Immer noch erinnert sie sich an die Umarmung bei ihrer Ankunft.

Plötzlich schlägt das Fenster zu. Erschrocken fährt sie zusammen und stellt fest, dass sie noch keinen Satz gelesen hat. Kopfschüttelnd steht sie auf und schliesst das Fenster. Sie legt das Buch beiseite, löscht das Licht und träumt im Dunkeln weiter vor sich hin. Eigentlich hat sie sich vorgenommen dieses Jahr noch eine Entscheidung zu treffen, ob sie nun weiterhin bei Herrn Pfeiffer arbeiten will. Seine

Launen sind manchmal unerträglich und kosten sie viel Geduld und Nerven. Auch Leslie hat die Nase voll und ist auf der Suche nach einem anderen Teilzeitjob. Sie kann sich nicht vorstellen, ohne Leslie den Laden zu schmeissen. Sie ist immer für sie da, wenn sie auch mal früher gehen muss oder eines ihrer Kinder krank ist. So schnell findet man nicht wieder so eine tolle Arbeitskollegin.

Der Ausflug mit Jack und den Kindern zum Leuchtturm auf dem Taiaroa Head war was ganz Besonderes gewesen. Sie erinnert sich vage daran, als Kind einmal da gewesen zu sein. Der zwölf Meter hohe weisse Turm mit dem leuchtend roten Dach. Die traumhafte Aussicht über das Meer und die wunderschönen Königsalbatrosse, welche über dem Leuchtturm kreisen. Der anschliessende Besuch der Gelbhaubenpinguine am Penguin Beach war für die Kinder und auch für sie ein tolles Erlebnis. Die geführte Tour, wo man in Unterständen versteckt den Tieren sehr nahe kommen kann, ohne sie zu belästigen, war das Highlight.

Danach führte Jack sie an einen Strand, welcher nur wenigen Personen bekannt ist, zum Picknick. Dies war deshalb auch was ganz Besonderes und ein krönender Abschluss von diesem tollen Tag. Sie fühlte sich wohl dort und genoss die Ruhe und das köstliche Essen. Für sie hätte dieser Tag ewig dauern können.

Die Kinder waren kaum wegzukriegen und redeten noch Wochen von diesem ausgelassenen Ausflug. Mit diesen Gedanken fallen Jil die Augen zu und sie träumt im Schlaf weiter.

Jessy packt ihre Koffer. Sie hat sich vorgenommen, wieder einmal ein paar Freunde in Sydney zu besuchen. Morgen früh um acht Uhr muss sie am Flughafen sein. Deshalb will sie heute früh ins Bett gehen und hat Bambu heute Nachmittag in ihr Elternhaus gebracht. Der Abschied war zwar traurig, jedoch freut sich Bambu immer so sehr, Cash zu sehen, dass der Abschiedsschmerz bald vergessen ist. Nochmals checkt sie alles durch. Es sollte nichts fehlen. Beruhigt schlüpft sie ins Bett. Sie hat jetzt schon Sehnsucht nach Bambu. Ob sie noch schnell anrufen soll? Sie wählt die Nummer ihres Bruders. Besetzt. Fünf Minuten später versucht sie es wieder, immer noch besetzt. Mist! Sie schmökert noch ein wenig in einer Zeitschrift.

12

Jack hält wieder einmal den Apparat in der Hand und wählt die Nummer von Jil. Plötzlich ruft Joshua nach ihm. Schnell legt er wieder auf und geht zu seinem Sohn.

»Dad, ich habe ganz vergessen, dir zu sagen, dass wir in unseren Winterferien an einem Projekt teilnehmen können.«

»Kein Problem, wir reden morgen darüber. Schlaf schön.«

Er deckt seinen Sohn zu und verlässt das Zimmer. Zuerst holt er sich ein Bier und setzt sich. Ihn hat schon wieder der Mut verlassen. Er wartet noch eine gute halbe Stunde, damit sein Sohn sicher eingeschlafen ist. Nun wählt er erneut. Es klingelt.

Jil flucht vor sich hin. Wer ruft denn jetzt wieder an? Sie meldet sich und hört nur noch den Summton. Wer war denn das? Sie schüttelt den Kopf, legt auf und geht unter die Dusche. Als sie ihre Haare mit dem Handtuch zu einem Turban auftürmt, hört sie abermals, wie es klingelt. Nicht schon wieder. Sie geht ins Wohnzimmer, nimmt ihr Funktelefon und ruft genervt: »Hallo?«

»Hab ich dich gestört?«

Jil klopft das Herz bis zum Hals, das kann doch nicht sein. »Jack?«, flüstert sie.

Er lacht nur.

»Entschuldige, hast du vor etwa einer halben Stunde schon einmal angerufen?«

»Ja«, gibt er zähneknirschend zu. »Ich dachte, es hat noch nicht geläutet, und da habe ich wieder aufgelegt, weil mein Sohn nach mir gerufen hat.«

»Dann bin ich aber beruhigt. In letzter Zeit klingelt es ab und zu und niemand ist dran.«

Gut, dass Jil nicht sehen kann, wie Jack feuerrot anläuft. Er räuspert sich.

»Was machst du gerade?«

»Ich war soeben unter der Dusche. Und du?«

Er stellt sich Jil unter der Dusche vor und wird schon wieder rot. Er schüttelt den Kopf über sich selber. Ich benehme mich wie ein Teenager, denkt er sich. Die Vorstellung, mit Jil unter der Dusche zu stehen und sich gegenseitig einzucremen, lässt sein Herz schneller schlagen.

»Bist du noch da?«

Jil überlegt sich, ob die Verbindung schlecht ist. Sie schüttelt ihr Telefon und lauscht erneut.

»Ja, entschuldige, war kurz in Gedanken vertieft. Ich schaue fern.«

»Ist es interessant?«

»Ja, es war eine Dokumentation über den Regenwald! Schöne Bilder zu sehen. Aber jetzt kommt nichts Gescheites mehr.«

Sie fragt sich, wieso er angerufen hat. Oft hat sie sich vorgestellt, was sie sagen würde, wenn er plötzlich anrufen würde. Nun steht sie da und weiss nicht mehr, was sie erzählen soll.

»Wie geht es deiner Familie?«, fragt sie ihn deshalb schnell.

»Es sind alle wohlauf. Und bei dir?«

»Danke, uns geht es gut. Die Zwillinge fahren nächste Woche, wenn die Ferien beginnen, zu ihren Grosseltern. Sie freuen sich schon sehr. Hat Joshua auch bald Ferien?«

»Ja, er hat heute etwas von einem Schulprojekt erzählt. Aber mehr erfahre ich morgen.«

Irgendwie hat Jack den Faden verloren. Er denkt gar nicht mehr daran. Er wollte sie doch um ein Date bitten. Die Idee ist aber auch bescheuert. Wie soll er sie um ein Date bitten, wenn sie 374 Kilometer von ihm weg wohnt? Vielleicht könnte er sie einmal besuchen? Vielleicht mit einer Reise nach Christchurch verbinden? Er wollte schon lange wieder einmal nach Christchurch reisen. Vor Jahren war er einmal zur Hochzeit eines Freundes eingeladen worden. Das Fest fand auf einem tollen Aussichtspunkt statt, welchen sie mit einer Gondel oberhalb Christchurch erreichten. Eine spektakuläre Fahrt weit über die Stadt Christchurch. In der 4-Personen-Kabine schwebt man sanft bis zu 500 Meter über dem Meer, auf einer Strecke von knapp einem Kilometer. Die 360-Grad-Aussicht war beeindruckend. Der Blick erstreckte sich über Take, Pegasus Bay und den Pazifischen Ozean nach Kaikoura, über Banks Peninsula, Lake Ellesmere und Lyttleton Harbour und die Canterbury Plains bis zu den Südalpen.

»Hallo, bist du noch da?« Zaghaft hört er Jils Stimme und schreckt aus seinen Träumereien hoch.

»Natürlich, entschuldige. Wo sind wir stehen geblieben? Ach ja, wollen wir uns einmal treffen?«

Erschreckt fährt er zusammen, jetzt ist es raus, endlich. War ja gar nicht so schwer. Stille, Jack hört nichts mehr. Er drückt sein Telefon fester an sein Ohr. Nichts. Oje, ob dies eine gute Idee war?

Jil holt einmal tief Luft, endlich hat er sie nach einem Treffen gefragt. Sie musste sich eingestehen, dass sie schon lange darauf gehofft hat. Und jetzt war sie sprachlos, denn damit hat sie überhaupt nicht gerechnet. Sie wäre gerne einmal mit ihm ausgegangen, aber wie sollte das bei dieser Distanz gehen?

»Gerne«, sagt sie zaghaft.

Jack fällt das Telefon aus der Hand, hat er richtig gehört? Schnell hebt er es vom Boden auf.

»Entschuldige, hast du ›gerne‹ gesagt?«

Jil kichert vor sich hin, sie hatte den dumpfen Knall gehört. Eigentlich konnte sie ihn gut verstehen. Sie hätte sich nie getraut zu fragen. Beide wussten eigentlich sehr wenig voneinander. Klar hatten sie einige schöne Gespräche in den Sommerferien, jedoch ging es meistens um die Kinder.

»Ich wollte sowieso schon lange einmal nach Christchurch reisen. Nun wollte ich dich fragen, ob ich dich in ein Restaurant ausführen darf. Vielleicht nächste Woche?«

Es konnte ihm nun nicht schnell genug gehen. Und die Gelegenheit war günstig. Ihre Kinder in den Ferien bei den Grosseltern und sein Sohn in einer Projektwoche. Aufgeregt wartet er auf Jils Antwort.

»Es würde mich freuen.«

Gut, dass Sie nicht sehen konnte, wie er übers ganze Gesicht strahlt.

»Schön, dann melde ich mich nochmals bei dir!«

Sie wollen beide das Gespräch nicht beenden und erzählen einander, was ihnen gegenwärtig so in den Sinn kommt. Als sie dann eine Stunde später auflegt, freut sie sich wie ein kleines Kind. Sie streicht sich über die geröteten Wangen und berührt ihr rotes heiss gelaufenes Ohr.

Jack schnellt die Faust in die Höhe. Geschafft! Er klopft sich selber auf die Schulter und schreitet erhobenen Hauptes

Richtung Bad. Das Telefon läutet, er dreht sich um, rennt zurück und meldet sich atemlos.

»Jil?«

»Was, Jil – träumst du jetzt schon mit offenen Augen?«
Er verdreht die Augen. »Hi, Jessy!«

»Hallo, Bruderherz, wollte nur mal schauen, was du so treibst und wie es Bambu geht. Er fehlt mir jetzt schon. Mit wem hast du denn stundenlang geredet? Versuche dich schon seit einer Ewigkeit zu erreichen. Ich muss doch morgen früh raus, weil ich nach Sydney fliege.« Plötzlich geht ihr ein Licht auf. »Doch nicht etwa mit Jil? Läuft da was und ich weiss von nichts?«

Jack könnte sich ohrfeigen für seine Unvorsichtigkeit. Aber wie konnte er auch wissen, dass seine Schwester ihn ausgerechnet in diesem Moment anrufen wird. »Sag schon«, hört er die ungeduldige Stimme seiner Schwester.

»Das geht dich gar nichts an!«

»Oho, das sagt schon alles! Hast du dich nun endlich getraut?« Jessy lacht laut. Sie kennt doch ihren Bruder. Aber sie freut sich auch für die beiden. »Du musst mir genau erzählen, wie du das angestellt hast. Aber jetzt muss ich dringend schlafen. Du weisst ja, ich brauche meinen Schönheitsschlaf. Bis bald und küss Bambu auf die Schnauze von mir.«

Da ist er ja nochmals glimpflich davongekommen. Na gut, seine Schwester gibt nicht so schnell auf. Sie bringt es fertig und ruft morgen früh an, wenn sie auf ihren Flug warten muss, nur um ihn auszuhorchen. Er liebt sie sehr, aber manchmal konnte sie einem gewaltig auf die Nerven gehen.

Jil wälzt sich im Bett hin und her. Irgendwie kann sie diese Nacht kein Auge zutun. Sie steht auf und holt sich ein Glas

Milch. Lange ist es her, seit sie ein Date gehabt hat. Als ihr Mann damals gestorben war, konnte sie sich nicht vorstellen, ohne ihn weiterzuleben. Sie wusste jedoch, schon alleine wegen ihrer Kinder musste sie stark sein. Sie war so sehr damit beschäftigt, sich eine Arbeit zu suchen, für ihre Kinder da zu sein, dass sie nie einen Gedanken an einen neuen Partner verlor. Als sie dann nach vier Jahren zum ersten Mal mit einer Freundin ausging, konnte sie sich nicht vorstellen, einen anderen Mann nur anzusehen. Ihre Freundin stellte ihr einen Typen vor, welcher sie bereits nach ein paar Worten anfing zu begrapschen. Sie verabschiedete sich nach kurzer Zeit und verliess fluchtartig das Restaurant. Natürlich fehlte ihr die Zärtlichkeit, aber es wäre ihr wie Verrat vorgekommen. Sie wusste, Mike hätte sich für sie gefreut, aber für sie war bis heute nie der richtige Zeitpunkt gekommen. Ihre Freundin entschuldigte sich am nächsten Tag bei ihr und wollte ihr eine Woche später erneut einen Typen vorstellen. Sie lehnte dankend ab. Sich nun auszumalen, nach so langer Zeit ein Date zu haben, bringt sie ziemlich durcheinander. Leise geht sie auf Zehenspitzen zurück ins Bett und versucht doch noch ein paar Stunden Schlaf zu bekommen.

13

Joshua schleicht sich unbemerkt in die Küche. Sein Vater steht am Tresen und schneidet das Brot. Leise geht er auf ihn zu und bringt es tatsächlich fertig, seinen Vater zu erschrecken. Er grinst übers ganze Gesicht. Sein Vater zuckt zusammen, dreht sich um und gibt ihm einen Klaps auf den Po. Zusammen setzen sie sich an den Frühstückstisch. Bambu und Cash sind bereits im Garten und jagen über die Wiese.

»Du siehst so fröhlich aus heute, Dad.«

Jack grinst seinen Sohn an. »Ich möchte mit dir heute noch etwas besprechen, aber erzähl du mir zuerst, was für eine Projektwoche ansteht.«

Das muss er seinem Sohn nicht zweimal sagen. Es sprudelt nur so aus ihm heraus. Jack hört interessiert zu und unterbricht nur, wenn er eine Zwischenfrage stellen möchte. Er freut sich, wenn sein Sohn an solchen Projekten teilnimmt. Sie sind sich einig, Joshua darf an dem Projekt teilnehmen. Er strahlt übers ganze Gesicht.

Jack war schon immer ehrlich zu seinem Sohn. Für ihn ist es sehr wichtig, dass sein Sohn in seine Entscheidungen einbezogen wird. Nun erklärt er ihm sein Vorhaben für nächste Woche. Joshua findet Jil sehr nett und hat sich schon längst mit ihren Kindern angefreundet. Er ist nicht auf den Kopf gefallen und hat gemerkt, dass sein Vater Jil besonders anglotzt. Er würde sich freuen, wenn sie wieder eine Familie wären, und teilt dies seinem Vater auch sofort mit.

»Nur nichts überstürzen, mein Sohn. Wir treffen uns nun erst mal und sehen danach weiter.«

Joshua findet die Erwachsenen sehr kompliziert. Er überlegt nie lange, wenn er etwas will, sondern ergreift sofort die Initiative. Das Einzige, was ihn fuchst, ist die Reise nach Christchurch. Da wäre er gerne mitgefahren. Jack verspricht ihm, dass sie das bestimmt nachholen werden. Joshua steht vom Tisch auf, umarmt seinen Vater und verlässt das Esszimmer.

Jack ist glücklich. Er weiss, was er an seinem Sohn hat. Was Gutes hat die Ehe mit Cassie doch hervorgebracht. Er trinkt seinen Kaffee aus und trägt die Tasse in die Küche. Es wurde Zeit, dass seine Mutter von ihrer Reise zurückkehrt. Er will unbedingt mit ihr reden.

Er macht sich auf den Weg zu den Stallungen. Heute hat er noch viel Arbeit vor sich. Und die Reise will er auch noch organisieren. Er weiss bereits, wohin er Jil ausführen möchte. Da war so ein gemütliches Restaurant, welches ihm sein Freund gezeigt hatte. Irgendwo mitten in Christchurch in einem Innenhof mit wunderschönen grossen Bäumen, bei einer Universität oder so was Ähnlichem. Er würde schon noch rauskriegen, wie dies geheissen hat. Er pfeift fröhlich vor sich hin und verschwindet im Stall.

Jessy sitzt auf dem Flughafen und langweilt sich. Ihr Flug hat eine Stunde Verspätung. Am Getränkeautomat steht ein geiler Typ, gross, in verwaschenen Bluejeans, ein weisses Hemd fällt lässig über seinen Hosenbund, an den Füssen trägt er schwarze Cowboystiefel. Seine braunen Haare fallen ihm bis auf die Schulter und auf dem Kopf trägt er einen Cowboyhut. Sie sieht aus dem Augenwinkel, dass er ständig zu ihr herüberschaut. Der sieht gar nicht so schlecht aus, denkt sie. Ob er mit demselben Flug fliegt wie sie? Jessy liess nie was anbrennen. Ihr Lieblingsspruch war: »Man lebt, um gelebt zu haben.« Der Richtige ist ihr bis jetzt nicht über den Weg gelaufen. Als es mit dem Kanadier aus war, hatte sie zuerst mal die Schnauze voll von Männern. Sie hatte ja noch Zeit.

Ob sie ihren Bruder anrufen soll? Jetzt hätte sie so richtig Lust und Zeit dazu. Lässig lehnt sie sich zurück und überschlägt ihre langen Beine. Sie wählt die Nummer ihres Bruders und lässt mehrmals klingeln, niemand geht ran. Mom und Betty sind momentan verreist und ihr lieber Bruder wird das Telefon wieder mal nicht umgestellt haben. Sie gibt es auf und schmollt vor sich hin. Plötzlich sieht sie, dass der scharfe Typ cool auf sie zugeschlendert kommt.
Jil träumt wieder mal vor sich hin. Sie sitzt an ihrem Schreibtisch und hat nun überhaupt keine Lust mehr zu arbeiten. Die Briefe sind geschrieben, alle Rechnungen eingepackt. Auch die scheussliche Krawatte hat sie in der chemischen Reinigung um die Ecke abgeholt. Solche privaten Botengänge sind eine Spezialität ihres Chefs. Er vergisst scheinbar manchmal, dass sie nicht sein Hausmädchen ist. Aber was soll man machen. Chef bleibt Chef.

Er ist Gott sei Dank heute auf Kundenbesuch. So kann sie sich voll und ganz ihren Träumereien hingeben. Schliesslich hat sie alles erledigt. Sie schaut auf die Uhr. Bereits halb fünf, bald hat sie sowieso Feierabend. Wohin wird Jack sie ausführen? Ob er länger als einen Tag bleiben wird? Vielleicht könnte sie ihm die Gegend zeigen. Ob sie wohl einen Tag freibekommt?

Sie zuckt zusammen. Genervt hört sie das Schrillen des Telefons. Freundlich meldet sie sich, wie es sich gehört. Heute Abend will sie mit den Kindern packen. Ihre Schwiegereltern holen sie morgen ab. Jack hatte bereits wieder angerufen und sich mit ihr für Montagabend verabredet. Sie freut sich sehr und ist total aufgeregt. Sie will morgen, wenn die Kinder weg sind, in aller Ruhe ihre Garderobe durchkämmen. Ob sie sich in Schale werfen soll oder lieber was Legeres, oder vielleicht sexy? Das rote Kleid mit den kurzen Ärmeln wäre vielleicht keine so schlechte Wahl. Oder ob dies zu luftig ist? Die Sonne zeigt sich momentan nicht so oft, schliesslich ist ja auch Winter. Ob sie sich etwas Neues gönnen soll? Sie war schon lange nicht mehr einkaufen. Eigentlich könnte sie morgen durch die Stadt bummeln. Genau, und dann könnte sie sich mit ihrer Freundin treffen und sie könnten zusammen essen gehen und anschliessend ins Kino. Das wäre ein Spass! Sie musste augenblicklich ihre Freundin anrufen.

»Hören Sie mir eigentlich zu?«, ertönt eine schrille Stimme am anderen Ende der Leitung. Oje, jetzt hat sie doch tatsächlich nicht zugehört, was die hochnäsige Schrulle am Telefon zu ihr gesagt hat. Es ist eine von diesen besonderen Kundinnen, welche permanent etwas zu bemängeln hat.

Jil fragt zuckersüss, ob Herr Pfeiffer sie mit den neuesten Weinangeboten besuchen soll. So was kam immer gut an. Die Kundin vergisst ihr Anliegen und stimmt freudig zu. Jil öffnet rasch den Kalender ihres Chefs und vereinbart einen Termin für Montagnachmittag. So schlägt sie zwei Fliegen mit einer Klappe. Sie hat wieder mal einen Nachmittag Ruhe im Büro, kann pünktlich Feierabend machen und die Kundin ist überglücklich. Ihr Chef freut sich jedes

Mal, wenn er zu dieser Nervensäge zu Besuch gehen kann. Weiss der Geier, was die immer zusammen zu tun haben. Doch das geht sie nichts an.

Schnell beendet sie das Gespräch, bevor der Tante ihr Anliegen wieder in den Sinn kommt. Sie schleudert den Hörer auf die Station, um ihn sofort wieder hochzunehmen. Jetzt rufe ich meine Freundin an. Als sie die Nummer wählen will, steht plötzlich ihr Chef in der Türe. Hastig legt sie den Hörer wieder auf und grüsst ihn freundlich. Was macht der denn schon hier? Sie hat gehofft, dass er nicht vor ihrem Feierabend eintrifft.

»Frau Thomson, haben Sie alle Briefe geschrieben, sind die Rechnungen parat und haben Sie meine schöne Krawatte in der chemischen Reinigung abgeholt?« Selbstgefällig lächelt er vor sich hin.

Jil verdreht die Augen und dreht sich zu ihrem Chef um. »Sicher, Herr Pfeiffer, alles erledigt. Bin soeben dabei, die Mahnungen vorzubereiten«, schwindelt sie. Das hört er immer gerne. Schliesslich muss das Geld ja reinkommen.

»Exzellent.«

»Und dann habe ich noch einen Termin mit Frau Pumpkin für Montagnachmittag abgemacht. Sie möchte gerne die neuesten Weine ausprobieren. Ich hoffe, Ihnen passt dieser Termin?«

»Oh, wie wunderbar!«

Sein Gesicht läuft feuerrot an. Er dreht sich einmal um die eigene Achse und tänzelt aus dem Büro. Puh, ist noch mal gut gegangen, denkt Jil. Sie wird ihre Freundin heute Abend anrufen. In der Zwischenzeit träumt sie weiter. Die Mahnungen können warten, schliesslich hat sie so gut wie Feierabend. Sie bringt ihren Schreibtisch in Ordnung, erhebt sich und schlüpft in ihren Mantel. Sie klopft beim

Vorbeigehen an die Türe ihres Chefs, steckt den Kopf rein und verabschiedet sich.

»Frau Thomson?«, ruft dieser von innen. Nein, bitte nicht heute, denkt sie sich, öffnet die Türe komplett und schaut ihren Boss an. »Ein schönes Wochenende!«

Sie ist platt. Was ist denn in den gefahren? Noch nie hatte er ihr ein schönes Wochenende gewünscht. Er strahlt über das ganze Gesicht. Was so ein Termin mit Frau Pumpkin bewirken kann. Sie gibt die guten Wünsche zurück und schliesst die Tür.

Beschwingt verlässt sie das Büro. Sie freut sich auf morgen und noch mehr auf Montag. Das Date am Montag macht sie ziemlich nervös. Na gut, sehr nervös.

Jack ist mitten in den Vorbereitungen. Er freut sich wie ein kleines Kind. Joshua und sein Freund Jamiro, der diese Nacht bei ihnen schläft, sind bereits im Bett, da sie morgen früh aufstehen müssen. Sie werden morgen um sieben Uhr mit einem Kleinbus abgeholt. Das Projekt scheint eine gute Sache zu sein. Es ist so eine Art Maori-Woche. Es wird selber gekocht aus Produkten, welche in der Natur gefunden werden. Ein echter Maori begleitet die Jungen und Mädchen. Da wird ein Boot gebaut, Pfeile und ein echtes Totem werden geschnitzt. Jack hat selber einmal so eine Woche mitgemacht und fand das etwas vom Tollsten, was er in seiner Kindheit erlebt hat. Man bekommt einen Einblick in das Leben der Ureinwohner und lernt, mit wenig auszukommen. Er wäre am liebsten mitgezogen. Obwohl er sich nicht sicher ist, ob er es heute immer noch so spannend finden würde wie als kleiner Junge.

Er grinst vor sich hin. Sein bevorstehendes Abenteuer ist viel aufregender für ihn. Seine Hände sind vollkommen kalt. Sein Bett sieht aus wie ein Schlachtfeld. Er ist sich nicht sicher, ob er überhaupt noch etwas im Schrank liegen gelassen hat. Ob Jil auch so nervös ist? Ob sie sich auch so freut? Er dreht sich um und schlendert in die Küche. Dort nimmt er sich ein Glas Wasser und schaut in die Ferne. Wenn er Hellseher wäre, könnte er sich die Fragen selber beantworten. So bleibt ihm nichts anderes übrig, als den Montagabend abzuwarten.

Sein letztes Date ist einige Zeit her. Seit er mit Joshua alleine lebt, war ihm sein Sohn wichtiger. Jessy wollte ihn schon mehrmals verkuppeln. Mit Grauen denkt er an die letzte haltlose Vorstellung seiner Schwester. Sie überredete ihn, mit ihr an eine Abendunterhaltung mitzugehen, was ihm sowieso nicht lag. Er ist durchaus nicht der Partygänger. Am liebsten verbringt er seine Zeit in der Natur. Seiner Schwester zuliebe hat er zugesagt und sich mit ihr in die Höhle des Löwen gewagt. Seine Schwester geniesst jede Party und zerrte ihn in den überfüllten Ballsaal.

Kaum angekommen, tänzelte eine Blondine mit üppigem Vorbau auf spitzigen rosa Schuhen auf ihn zu und umarmte ihn, als wären sie die besten Freunde. Ihr aufdringliches Parfum kitzelte ihn in seiner Nase. Vorsichtig schob er sie von sich weg, um nicht unhöflich zu erscheinen. Diese angelte nach seiner Schwester, umarmte sie und schickte links und rechts ein Küsschen in die Luft. Jessy stellte ihm die Dame als Lily vor. Bevor Lily ihn wiederholt umarmen konnte, streckte er ihr schnell die Hand entgegen und lächelte. Lily liess sich nicht beirren, packte ihn erneut, drückte ihn fest an ihren üppigen Busen, drehte eine Pirouette, hakte sich bei ihm ein und stolzierte siegessicher mit ihm Richtung Bar davon. Genervt warf er seiner Schwester einen finsteren Blick zu, welche ein Kichern nicht unterdrücken konnte. Diverse

Blicke der Herren folgten ihnen neidisch. Allzu gerne hätte er sie an einen der gaffenden Verehrer abgegeben, denn sein Typ war sie bestimmt nicht. Jessy schritt amüsiert hinter den beiden her.

An der Bar bestellte Lilly sofort drei Gläser Champagner. Jack mochte zwar selbstständige Frauen, aber sein Getränk hätte er gerne selber ausgesucht. Er bevorzugte normalerweise ein Glas Weisswein. Entrüstet zog er seine Schwester auf die Seite und flüsterte ihr ins Ohr: »Du hast mich doch bestimmt nicht wegen dieser Lily hierhin geschleppt, oder?«

Jessy prustete los. Jack war das mehr als peinlich. Am liebsten wäre er auf der Stelle verduftet. Doch die Presse war immer irgendwo gegenwärtig und er wollte auf keinen Fall eine Szene verursachen. Er stellte sich vor, wie Lily mit ihren hochhackigen Schuhen ihm hinterhertrippeln und so die ganze Aufmerksamkeit auf sich ziehen würde.

»Keine Angst, Bruderherz«, grinste Jessy. »Was denkst du denn von mir?«, entrüstete sie sich. »Lily ist einfach so. Sobald ihr Lover auftaucht, bist du schnell vergessen.«

»Hoffentlich bald«, brummelte Jack vor sich hin.

Wie es seine Schwester vorausgesagt hatte, entschuldigte sich Lily kurze Zeit später mit einem selbstgefälligen Lächeln und verschwand in der Menge.

»Siehst du«, meinte seine Schwester, »ihr Guy ist soeben eingetroffen«, und zeigte Richtung Eingang. Dort stand ein kleiner, rundlicher Mann mit einer Halbglatze und winkte ihnen süffisant zu. Er trug einen weissen Anzug mit einem gelben Schlips und roten Schuhen. Jack dachte für sich, der passt wie die Faust aufs Auge zu ihr. Er konnte ein Grinsen nicht unterdrücken. Er wollte nicht schlecht von dieser Lily denken, doch irgendwie musste dieser Typ im Geld schwimmen und sie hatte ihn deshalb geangelt. Der war bestimmt 25 Jahre älter als sie. Er war auf alle Fälle froh, sie los zu sein, und entspannte sich.

Doch schon steuerte eine andere Dame auf ihn und Jessy zu. Lange, dunkelbraune Haare, zu einer eleganten Hochsteckfrisur toupiert. Zwei grosse Kreolen baumelten ihr bis zu den Schultern. Sie trug ein langes, blaues Abendkleid, eng anliegend, mit einem grosszügigen Ausschnitt. Ihre Füsse steckten in goldenen, eleganten Sandalen. Ihre grünen Augen waren grosszügig mit Schminke umrandet und die feuerroten Lippen glänzten aus ihrem solariumgebräunten Gesicht. Sie wirkte auf ihn sehr selbstbewusst und unnatürlich. Mit ihren High Heels reichte sie ihm bis zur Nasenspitze. Sie umarmte Jessy und küsste sie auf die Wange. Ihm streckte sie elegant die Hand entgegen und erwartete scheinbar einen Handkuss von ihm. Er ignorierte diese Geste, nahm ihre Hand in seine und verbeugte sich leicht nach vorne. Jessy stellte sie ihm als Monica vor. Pikiert zog sie die Hand zurück und bestellte an der Bar ein Glas Champagner.

Gefühlte drei Stunden später stand er immer noch neben ihr und hörte ihren stetigen Erzählungen zu. Seine Schwester hatte sich schon längst entschuldigt und war im Getümmel verschwunden. In Gedanken überlegte er sich, wie viele Helfer er morgen für die Arbeiten im Weinberg benötigte. Ein Teil der Schafweide musste auch noch neu umzäunt werden. Er achtete stets darauf, dass er immer im richtigen Moment aufmerksam nickte oder eine intelligente Frage stellte. Es interessierte ihn dermassen wenig, was diese Dame alles zu erzählen hatte. Ihm war in der Zwischenzeit klar geworden, wieso sie noch Single war. Wer konnte schon auf längere Zeit dieses Geschwätz ertragen. Ihr schien es auszureichen, wenn er nur dastand und ihrem Gequassel zuhörte. Er langweilte sich zu Tode. Wenn sie wüsste, dass er in Gedanken an seinem Vieh und dessen Umzäunung herumstudierte, wäre sie schon längst mit hochnäsigem Kopf davongetänzelt. Er konnte einfach nichts anfangen mit so eingebildeten, von sich überzeugten Menschen. Er liebte nicht nur die Natur, sondern auch die Natürlichkeit der Menschen. Erschreckt fuhr er zusammen.

»Haben Sie mir überhaupt zugehört?«, fragte sie gereizt.

»Natürlich«, log er und kreuzte die Finger hinter seinem Rücken. Er hatte keine Ahnung, was sie gegenwärtig erzählt hatte.

»Was habe ich denn gerade eben gesagt?«, fragte sie überheblich.

In diesem Moment erblickte er seine Schwester und versuchte ihr mit den Augen ein Zeichen zu geben. Jessy erkannte sofort, dass ihr Bruder ihre Hilfe brauchte, trat von hinten an ihre Freundin Monica heran und fragte: »He, Monica, habt ihr hier Wurzeln geschlagen? Wieso seid ihr noch nicht auf der Tanzfläche?«

Sie grinste ihren Bruder verstohlen an. Auf der einen Seite war er froh, dass sie ihn aus dieser misslichen Lage befreit hatte. Jedoch hätte sie ruhig einen anderen Spruch bringen können. Nach Tanzen war ihm nun gar nicht zumute. Monica strahlte ihn an. Die Frage war scheinbar vergessen. Sie hakte sich bei ihm unter und zog ihn Richtung Tanzsaal. Er warf seiner Schwester einen finsteren Blick zu und liess sich zur Tanzfläche ziehen.

Es fröstelt ihn, wenn er an diesen Abend zurückdenkt. Er trinkt sein Glas leer und eilt wieder in sein Schlafzimmer. Gott sei Dank konnte er sich dann bald darauf entschuldigen und verschwinden. Obwohl die Dame empört war, was ihn überhaupt nicht interessierte.

Er schiebt den Gedanken beiseite und glotzt entsetzt auf sein Durcheinander. Ich benehme mich wirklich wie ein Teenager. Er lächelt vor sich hin. Jetzt muss er sich aber wirklich beeilen. Der Koffer steht ungepackt neben dem Bett. Die Kleider sind überall verstreut. Er will morgen, nachdem Joshua und Jamiro abgeholt worden sind, einen ruhigen Sonntag mit seiner Mutter verbringen, welche morgen früh nach Hause kommt. Also muss er heute Abend noch alles fertig packen.

14

»Hi, Jil, das freut mich aber, von dir zu hören. Wie geht es dir?«

Jil lächelt. »Gut, und dir?«

»Och, alles okay. Du machst dich rar in letzter Zeit.«

»Ja, ich weiss, aber du kennst mich ja. Immer viel zu tun. Nun wollte ich dich fragen, ob du morgen Abend Zeit hättest? Wir könnten zusammen wieder einmal zum Chinesen und anschliessend ins Kino.«

»Das tönt ja spannend. Wo sind denn deine Kinder?«

»Die gehen morgen zu den Schwiegereltern in die Ferien. So hätte ich Zeit, aber wenn du schon etwas vorhast, kein Problem.«

»Nein, nein, ich bin entzückt. Ich habe mit ein paar Freunden abgemacht, doch die lasse ich gerne sausen für dich. Wann treffen wir uns?«

»Ich möchte vorher noch was einkaufen. So um 18 Uhr? Was meinst du?«

»Wenn du nichts dagegen hast, komme ich gerne mit zum Shoppen. Wir könnten uns also schon um 14 Uhr treffen, wenn du magst.«

Jil ist begeistert. Ihre Freundin kann ihr bestimmt mit Rat und Tat zur Seite stehen.

»Tönt verlockend. Also bis um zwei.«

Jil freut sich enorm, wieder einmal ihre Freundin Madison zu treffen. Sie sehen sich sehr wenig. Kennengelernt haben sie sich vor zwei Jahren im Park, als sie mit ihren Zwillingen da war. Sie sass auf einer Bank. Jil wollte sich mit ihrem Buch dazusetzen, als sie feststellte, dass die Frau weinte. Vorsichtig fragte sie, ob neben ihr noch frei sei. Madison nickte nur. Jil überlegte sich, ob sie sie ansprechen sollte. Sie wollte nicht neugierig erscheinen, aber auch nicht gleichgültig. Scheu fragte sie Madison, ob sie ihr helfen könne. Madison schaute sie an und erzählte ihr danach Unglaubliches. Es sprudelte nur so aus ihr heraus und Jil hörte ihr geduldig zu, liess sich nur einmal kurz ablenken, als Ramona ihr vom Schaukelpferd zuwinkte. Anschliessend stellte Madison sich vor und entschuldigte sich für ihren Ausbruch. Jil winkte ab und versuchte ihr ein bisschen Zuversicht zu zusprechen. Sie stellte sich vor, wie sie sich in ihrer Situation fühlen würde. Seither sind sie Freundinnen und telefonieren oft miteinander oder treffen sich ab und zu. Sie freute sich auf morgen Nachmittag.

Madison grinst sie über ihr Weinglas an. »Das wird toll, glaube mir.«

Sie sitzen zusammen beim Chinesen und geniessen das schmackhafte Gericht. Sie haben soeben über ihr Date von Montag gesprochen. Jil errötet leicht. Ihr Herz rast plötzlich heftig.

»Ich bin jetzt schon ganz nervös«, gesteht sie.

»Das gehört dazu. Ich rede aus Erfahrung. Du weisst ja, dass ich nie gedacht habe, dass ich mich neu verlieben könnte. Lass es auf dich zukommen.«

Wenn das so einfach wäre, zweifelt Jil.

Der Film war toll. Überhaupt der ganze Abend war schön. Jil liegt im Bett und kann nicht einschlafen. Sie ist sehr aufgewühlt. Die Uhr zeigt zwei Uhr früh. So lange war sie schon lange nicht mehr aus. Madison wollte unbedingt noch mit ihr tanzen gehen. Sie liess sich dazu überreden, und so sind sie nach dem Kinobesuch weitergezogen. Aber sie weiss genau, dass nicht dies der Grund ihrer Nervosität ist. Ob Jack auch so aufgeregt ist?

Jack dreht sich nun zum x-ten Mal hin und her. Sein Bett ist ganz zerwühlt. Er hat es doch noch geschafft, seinen Koffer zu packen. Nach einem Glas Rotwein hat er sich hingelegt und gehofft, bald einzuschlafen. Aber weit gefehlt. Er schaut auf die Uhr. Zwei Uhr früh. Es hat keinen Sinn, er steht auf und tappt im Dunkeln in die Küche. Sein Herz schlägt schon wieder Purzelbäume, wenn er an Jil denkt. Er wünscht sich so sehr, sie endlich in den Arm zu nehmen. Ob sie überhaupt von ihm in den Arm genommen werden möchte? Er ist sich überhaupt nicht sicher. Klar, sie hat seine Einladung angenommen, jedoch muss das noch gar nichts heissen. Sie ist ein sehr höflicher Mensch, und dass sie ihn mag, hat er gemerkt. Aber ob sie genauso empfindet wie er? Falls nicht, will er sie auf gar keinen Fall als Freundin verlieren. Für ihn wäre dies verheerend. Lieber als Freundin als gar nicht. Jessy konnte oder wollte ihm auch nicht verraten, wie Jil wirklich fühlt. Ob sie gar nie über ihn sprachen? Das kann er sich nicht vorstellen. Jessy hielt sich sehr bedeckt, aber er weiss schon, wieso. Sie wollte nun endlich, dass er seine Scheu besiegte. Er wusste es, doch trotzdem hätte sie ihm ja einen Tipp geben können. Nur einen kleinen …

Jil schreckt auf und schaut verwirrt um sich. Wieso hört sie nichts von den Kindern? Wie viel Uhr ist es überhaupt? Heute ist doch Sonntag? Sie blinzelt Richtung Wecker. Was, elf Uhr! Sie juckt aus dem Bett. Plötzlich fällt ihr ein: Ihre Kinder sind ja bei den Schwiegereltern in den Ferien. Sie war gestern aus und es war spät geworden, bzw. früh am Morgen. Anscheinend musste sie doch noch eingeschlafen sein.

Sie streckt sich und gähnt herzhaft. Es hat ihr gutgetan, einmal länger liegen zu bleiben. Barfuss schleicht sie ins Bad. Heute wollte sie zuerst das Zimmer der Kinder auf Vordermann bringen. Danach hatte sie sich vorgenommen, sich so richtig zu verwöhnen. Und dann musste sie sich auch noch überlegen, ob sie das traumhafte Kleid, welches sie gestern gekauft hat, wirklich anziehen kann oder ob es doch zu gewagt ist und sie etwas Schlichteres auswählen soll. Im Kopf geht sie ihre Garderobe durch. Ihr schwirrt der Kopf. Sie ist extrem aufgeregt.

»Mein Gott, Jil, stell dich nicht so an. Jetzt rede ich auch schon laut mit mir selber.« Konfus schüttelt sie den Kopf.

Jack wird durch lautes Hundegebell geweckt. Er reibt sich die Augen und setzt sich auf. Soeben hört er ein Auto zufahren. Das muss seine Mutter sein, welche von ihrer Reise zurückkehrt. Heute will er den Tag mit ihr verbringen und überlegt sich, wie er sie so richtig verwöhnen kann. Sie hat es verdient, sie war immer für ihn da. Nach dem unerwarteten Tod seines Vaters kam eine grosse Verantwortung auf sie beide zu. Auf einen Schlag musste die Führung der Ranch übernommen werden. Seine Mutter war wie gelähmt und lange Zeit war sie wie in Trance. Er sorgte sich damals sehr um sie. Da seine Eltern eine wunderbare, langjährige

Beziehung führten, war der Tod ihres Mannes Tom für sie ein unglaublicher Schock. Sie sass apathisch in ihrem gemeinsamen Schlafzimmer und wollte nicht mehr essen.

Die Wendung brachte Gott sei Dank Joshua. Er war noch zu klein, um das Ausmass dieser Tragödie zu verstehen. Er sauste immer zu seiner Grandma ins Schlafzimmer, zog sie am Rock und schaute sie mit grossen Augen an. Seine Mutter strich ihm übers Haar und lächelte ihn schwach an. Danach zottelte er wieder davon.

Eines Tages stand Jack in der Küche und sein kleiner Sohn kam zu ihm und bat um einen riesengrossen Apfel. Jack lächelte ihn an und reichte ihm den grössten Apfel, den er in der Früchteschale finden konnte. Er vermutete, dass er ihn dann für seinen Sohn zerkleinern musste. Dieser jedoch flitzte davon und verschwand um die Ecke. Jack wunderte sich und folgte seinem Sohn. Er sah ihn gerade noch im Schlafzimmer seiner Mutter verschwinden. Die bekannte Szene wiederholte sich wie jeden Tag. Er kehrte in die Küche zurück und liess die beiden alleine. Jedoch lief Joshua dieses Mal nicht wieder davon, sondern blieb stehen. Seine Mutter schaute zu ihm herunter. Er stand da, hielt den grossen Apfel in der Hand und sagte zu ihr: »Du musst das essen, damit du gross und stark wirst.« Da erkannte seine Mutter mit Schrecken, dass sich sogar der kleine Joshua um sie sorgte. Sie nahm den Apfel in die eine Hand und nahm Joshua an die andere Hand. Zusammen liefen sie in die Küche, um ein Messer zu holen und den Apfel zu teilen. Jack stand in der Küche und schaute zum Fenster hinaus, als er plötzlich seinen Sohn plappern hörte. Er drehte sich um und da stand seine Mutter mit Joshua an der Hand und lächelte ihn unter Tränen an. Da wusste Jack, dass sie wieder auf die Beine kommen würde. Er nahm sie behutsam in die Arme und sie weinte sich an seiner Schulter aus. Zu dritt setzten sie sich auf die Terrasse und assen zusammen den zerteilten Apfel.

Tatsächlich wurde es von Tag zu Tag besser. Grace lernte, ohne ihren Mann auszukommen. Sie fing an, sich mit ihrer langjährigen Freundin Phyllis zu treffen. Diese lebte schon längere Zeit alleine, und so trafen sie sich ab und an zu einem Kaffeekränzchen oder verreisten sogar ein paar Tage zusammen. Jack war seinem Sohn sehr dankbar. Entschieden angelt er sich das Telefon auf seinem Nachttisch und wählt eine Nummer.

Sie fährt hoch, die Gurkenscheiben purzeln auf den Boden. Leise flucht sie vor sich hin. Sie greift nach dem Telefon und meldet sich. »Hallo?«

Jack räuspert sich: »Hi, hier Jack, hab ich dich gestört?«

Ihr Herz setzt für einen Moment aus. Ob er es sich anders überlegt hat und absagen will? Vielleicht ist etwas dazwischengekommen oder Joshua ist zurückgekehrt. Vielleicht war seine Mutter krank.

»Jil, bist du da?«

»Oh, hi, Jack, ja, natürlich, ich meine, ja, ich bin da, und nein, nein, du störst sicher nicht.«

Meine Güte, ob er ihr dummes Geschwätz verstehen kann? Zum Glück kann er sie so nicht sehen. Eine Gurkenscheibe hängt schief über ihr rechtes Auge. Um die Haare hat sie ein gelbes Frottiertuch gewickelt. Ihr Dekolleté ist mit grüner Pfefferminzpaste eingeschmiert und um ihre Zehennägel hat sie Watte geschlungen, damit der Nagellack nicht verschmiert. Bis auf ihren Spitzenslip ist sie nackt. Sie errötet.

»Willst du unsere Verabredung absagen?«

Toll, Jil, intelligente Frage! Sie verdreht die Augen.

»Oh, nein, nein. Auf keinen Fall.« Jack hat ohne zu überlegen nach seinem Funktelefon gegriffen und ihre Nummer gewählt. Er wollte unbedingt nochmals ihre Stimme hören. »Ich wollte mich nur vergewissern, ob für morgen Abend alles beim Alten bleibt. Ich hole dich um 18 Uhr ab.«

»Ja, alles klar. Ich freue mich.«

»Schön, dann also bis morgen.« Jack strahlt übers ganze Gesicht. »Wie geht es deinen Kindern? Haben sie dich schon angerufen? Sind sie gut angekommen?«

Er denkt gar nicht daran aufzulegen. Er will unbedingt noch ein wenig mit ihr plaudern.

Als Jil eine Stunde später ihr Telefon aus der Hand legt, sind die Gurkenscheiben überall verteilt, die Pfefferminzpaste eingetrocknet und es juckt enorm. Doch das ist ihr in diesem Moment egal. Sie haben nett geplaudert und ihr schlägt das Herz bis zum Hals. Sie ist verwirrt. Wieso reagiert sie plötzlich so enorm auf Jack? Kopfschüttelnd begibt sie sich ins Bad und stellt sich zuerst einmal unter die Dusche. Das Chaos kann ich nachher immer noch aufräumen.

Jack stolziert mit einem Grinsen auf dem Gesicht auf die Terrasse, um seine Mutter zu begrüssen. Sie sitzt auf der Terrasse und nippt an ihrem Tee. »Du siehst glücklich aus, mein Sohn.«

Jack setzt sich zu ihr und umarmt sie ungestüm. »Schön, dass du wieder zurück bist. Wie war deine Reise? Joshua lässt dich herzlich grüssen. Er war ein wenig betrübt, dass er dich verpasst hat. Jedoch war seine Freude gross, als es dann endlich losging. Ich habe dir so viel zu erzählen und habe soeben noch mit Jil telefoniert.«

Wow! Grace schaut ihren Sohn perplex an. So aufgekratzt und redselig hat sie ihn schon lange nicht mehr erlebt. Er strahlt über das ganze Gesicht. Hoffentlich wird er nicht enttäuscht, überlegt Grace. Sie erzählt ihm von ihrer Reise und bald sind sie in ein unterhaltsames Gespräch vertieft.

»Gran, wo bist du?« Ramona schreit durch das Haus und hüpft die Treppe hinunter.

»Hier bin ich, mein Schatz.« Em dreht sich um und schaut ihrer Enkelin entgegen.

»Können wir heute Apfelkuchen backen?«

»Ja, wieso nicht? Dann müssen wir aber noch zum Einkaufen fahren. Frage bitte Ron, ob er uns begleiten will.«

Ramona rennt in den Garten und schreit in einer enormen Lautstärke nach ihrem Bruder. Em hält sich die Ohren zu und verdreht die Augen.

»Mein Gott, Kind!«

Ramona findet ihren Bruder zusammen mit Grandpa in der Werkstatt. Zusammen bearbeiten sie ein grosses Holzstück. Ron arbeitet mit dem Spachtel, seine Zunge schaut zwischen seinen Lippen hervor. Was beweist, dass er sehr konzentriert ist. Grandpa führt ihm die Hand. Ramona schaut den beiden interessiert zu.

»Was macht ihr da?«

»Das gibt eine Überraschung. Du wirst dann sehen«, erwidert Ron stolz.

»Wir wollen Kuchen backen und fahren jetzt einkaufen. Wollt ihr mitkommen?«

»Keine Zeit, wir sind sehr beschäftigt«, entgegnet Ron wichtig.

Nun ist Ramona natürlich sehr neugierig. Sie schaut ihrem Bruder zu, der sich eifrig wieder an die Arbeit macht. Doch dann entsinnt sie sich des Kuchens, winkt den beiden zu und hopst zurück zu ihrer Grandma. Opa schaut ihr lächelnd nach und arbeitet mit seinem Enkelsohn weiter.

15

Behutsam streicht er ihr eine Strähne aus dem Gesicht, zieht sie in seine Arme und küsst sie sanft auf den Mund. Sie erschaudert und schmiegt sich eng an ihn. Liebevoll schaut er ihr in die Augen. Wiederholt küssen sie sich leidenschaftlich. Er fährt mit seiner Zunge zärtlich über ihre Lippen. Sie seufzt genüsslich auf.

»Frau Thomson, hören Sie mir überhaupt zu?«

Peinlich berührt schreckt sie hoch. Ihr Chef steht entrüstet neben ihr. Mist, sie war gerade in Gedanken vertieft und hat nicht gemerkt, dass ihr Chef das Zimmer betreten hat.

»Entschuldigen Sie, Herr Pfeiffer. Habe mir gerade überlegt, ob ich heute noch ein paar Rechnungen schreiben soll«, schwindelt sie. Ihr Chef schaut sie misstrauisch an, überlegt kurz, ein Lächeln erscheint auf seinem Gesicht, er räuspert sich und erklärt ihr nochmals, was er soeben von ihr wollte.

»Ich geh dann mal zu Frau Pumpkin! Sie müssen nicht auf mich warten. Es kann spät werden.«

Mit erhobenem Kopf verlässt er ihr Büro. Puh, nochmals Glück gehabt, denkt Jil. Er hat ihr doch tatsächlich die Lüge abgenommen. Wenn es um sein Geld geht, ist er immer zu überzeugen. Sie schüttelt den Kopf und ermahnt sich selber. Schliesslich will sie heute das Büro pünktlich verlassen können und muss sich sputen, wenn sie alles noch erledigen will. Sie ist dermassen aufgeregt und kann sich kaum konzentrieren.

Heute Abend ist es endlich so weit. Jack wird sie um 18 Uhr abholen und sie ausführen. Ihre Gedanken sind mit ihr durchgegangen. Ein flauer Abend, sie zwei spazieren zusammen an der Promenade und schauen aufs ruhige Meer hinaus. Eine Möwe schreit und flattert in der Luft, die Boote schaukeln, die Wellen rollen ans Ufer und brechen sich an den Klippen. Jack steht ganz nah neben ihr und hat den Arm um sie gelegt. Sie kuschelt sich an ihn und geniesst den Augenblick.

»Mist, jetzt mach mal vorwärts und träume nicht mit offenen Augen«, schimpft sie mit sich selber und versucht ihre Gedanken auf ihre Arbeit zu lenken. Erneut schaut sie auf die Uhr. 14 Uhr, in vier Stunden ist es so weit.

Jack ist in Christchurch gelandet. Er will sich das Restaurant vorher ansehen, ob es wirklich so schön ist, wie er es in Erinnerung hat. Er winkt einem Taxi, welches ihn in sein Hotel Millennium bringen wird. Er ist ziemlich nervös, schliesslich will er nichts falsch machen. Lieber behält er sie als gute Freundin, als dass er sie nicht mehr sehen kann. Diesmal will er alles richtig machen und deshalb ist er extrem nervös. Er hat schon ein paar Trockenübungen durchgeführt, obwohl er sich im höchsten Masse blöd vorgekommen ist. Gott sei Dank hat ihn niemand dabei gesehen.

Er schaut durch die Scheiben des Taxis und beobachtet das Treiben. Der Taxichauffeur hat die Anspannung seines Fahrgastes gespürt und hält sich zurück. Er ist genug lange im Geschäft. Er weiss, wann es besser ist zu schweigen.

Durch den Rückspiegel beobachtet er ihn und muss sich ein Grinsen verkneifen. Er scheint extrem aufgeregt zu sein. Ob er ein Date mit seiner heimlichen Geliebten hat? Vielleicht trifft er sich auch geschäftlich mit wichtigen Leuten und ist deshalb so nervös.

Der Taxichauffeur liebt seinen Job. Er versucht immer zu erraten, in was für Stimmungen seine Fahrgäste sind. Manchmal trifft er den Nagel auf den Kopf. Er kann es sich doch nicht verkneifen und fragt seinen Fahrgast: »Und sind Sie das erste Mal in Christchurch?«

Jack schüttelt den Kopf. »Ich war einmal vor Jahren ein paar Tage hier. Viel habe ich aber nicht gesehen. Sind Sie von Christchurch?«

Das musste man ihn nicht zweimal fragen. Er lebt seit seiner Geburt hier und liebt seine Heimat über alles. Deshalb macht es ihm auch enorm Spass, Taxichauffeur zu sein. Jeden Tag konnte er durch die belebten Strassen fahren und den interessierten Besuchern einiges von »seiner« schönen Stadt erzählen.

»Dann müssen Sie unbedingt unseren wunderschönen Botanischen Garten besuchen. Obwohl wir noch Winter haben, lohnt es sich trotzdem. Aber wenn Sie es einrichten können, kommen Sie einmal im Frühling zu uns. Dann blühen die Rhododendren, Tulpen und Narzissen. Oder lieben Sie mehr Action? Dann würde ich Ihnen den Adrenalin Forest empfehlen. Na ja, irgend so was Neumodisches. Also, ich habe es nie ausprobiert. Und dann gibt es noch …«

Oje, oje, bis zum Hotel geht der Redeschwall so weiter. Jack findet es amüsant, denn es lenkt ihn ein wenig von seiner Nervosität ab. Er bedankt sich höflich bei Joe, dem Taxichauffeur, und wünscht ihm einen schönen Tag.

»Sir, Sir, Moment, Sie erhalten noch Ihr Wechselgeld.«

Jack dreht sich um, lächelt ihm zu und ruft: »Das ist für Ihre interessante Stadtrundfahrt. Herzlichen Dank, hat Spass gemacht, gönnen Sie sich was Schönes!«

Joe strahlt übers ganze Gesicht, winkt ihm zurück, legt den Gang ein, drückt auf die Hupe und braust davon. Jack fühlt sich richtig gut. Das Gespräch hat ihn aufgestellt. Beschwingt schreitet er ins Foyer des schönen Hotels.

Endlich fertig. Jil packt ihre Sachen zusammen und steht auf. Sie winkt ihrer Arbeitskollegin zu und verlässt das Büro.

»Viel Spass!«, ruft Leslie ihr zu.

Sie hüpft die Treppe herunter und würde am liebsten laut singen. Soeben piepst ihr Handy. Entgeistert schaut sie nach und liest die SMS ihrer Arbeitskollegin. »*Habe Dir ganz vergessen mitzuteilen, dass unser glorreicher Chef morgen erst am Nachmittag erscheinen wird. Weiss der Teufel, was er wieder mit Frau Pumpkin treibt. Du kannst also getrost etwas später kommen. Ich bin da. Wünsche Dir viel Glück und pass auf Dich auf. Leslie.*«

Jil lächelt vor sich hin. Schnell tippt sie eine Antwort. »*Herzlichen Dank, du bist ein Schatz. Gerne nehme ich Dein Angebot an. Ich bin so froh, dass es Dich gibt. Wünsche Dir auch einen schönen Abend. Jil.*«

Eigentlich hatten sie beide Jahresstunden und können ihre Arbeitszeit selber wählen. Doch wenn ihr Chef vor ihr im Büro ist, wird er ungeduldig und nervt sie, sobald sie das Büro betritt. Deshalb achtet sie immer darauf, vor ihm da zu sein. Beschwingt fährt sie nach Hause, um sich für den Abend zurechtzumachen.

Es läutet. Erschreckt schaut Jil auf die Uhr. Nanu, es ist doch erst 17.30 Uhr. Das kann jetzt aber nicht wahr sein. Sie steht halb nackt im Bad und ist noch nicht einmal geschminkt. Was mache ich denn jetzt? Energisch schrillt die Türglocke zum zweiten Mal. Mist, Mist, Mist! Sie wirft sich rasch den Bademantel über und rennt zur Tür.

»Hallo?«

»Entschuldigen Sie, Frau Thomson, ich bin es nur. Habe meinen Schlüssel vergessen. Vielen Dank und einen schönen Abend.«

»Kein Problem, wünsche ich Ihnen auch, Frau Clark.«

Gott sei Dank, es ist »nur« ihre Nachbarin. Jil ist erleichtert und rennt zurück ins Bad.

Jack dreht nun schon die dritte Runde um den Häuserblock von Jil. Er ist viel zu früh losgefahren. Er hat extra für heute Abend eine Limousine gemietet. Schliesslich wollte er Jil nicht im Taxi abholen. Die Gegend gefällt ihm nicht besonders. Die Häuser stehen viel zu eng beieinander. Kaum Grünflächen dazwischen. Er weiss von Jil, dass es auch ihr hier nicht so gefällt. Doch die Umstände liessen ihr keine Wahl. Die Nähe zu Christchurch, wo sie nach dem tragischen Tod ihres Mannes eine gut bezahlte Arbeit gefunden hat, ihre Schwiegereltern, die ganz in der Nähe wohnen, und die Schulen für die Kinder, die zu Fuss zu erreichen sind, zusammen mit dem Aspekt, dass es hier günstigere Wohnungen gibt, all das hat sie in diese Gegend verschlagen. Am liebsten würde er sie heute noch mit zu sich nach Hause nehmen. Die Kinder wären sicher begeistert, aber ob Jil auch einverstanden wäre? Nur nichts überstürzen. Zuerst einmal sollten sie sich nun näher kennenlernen.

Wiederholt schaut er auf die Uhr. Immer noch nicht 18 Uhr. Gott sei Dank hat ihm die nette Verkäuferin im

Blumengeschäft ein nasses Tuch um die Stiele der Blumen gewickelt. Ansonsten wären diese schon längst verwelkt. Schliesslich kreist er hier jetzt schon seit einer Viertelstunde wie ein Geier um seine Beute. Hoffentlich schaut Jil nicht zum Fenster hinaus und wundert sich, wieso nun schon zum vierten Mal dasselbe Fahrzeug im Schritttempo vorbeifährt.

Plötzlich klingelt sein Handy. Er schielt auf den Nebensitz und sieht den Namen seiner Schwester aufleuchten. Also, die hat ein Talent. Jedes Mal im ungünstigsten Moment ruft sie an. Hat sie eigentlich hellseherische Kräfte? Soeben stellt sich seine Combox ein. Soll sie doch damit vorliebnehmen. Er will jetzt auf keinen Fall mit ihr sprechen.

Jessy schüttelt den Kopf. »Hallo, Bruderherz, schon wieder nur die Combox. Wo treibst du dich denn rum? Habe von Betty erfahren, dass du nach Christchurch gereist bist. Also wirklich, jetzt muss ich solche Neuigkeiten über unsere Haushälterin erfahren. Was verschlägt dich denn dahin? Du wirst doch wohl nicht Jil besuchen? Sie wohnt doch da ganz in der Nähe. Das kann jetzt aber nicht sein, ohne mich darüber zu inf…«

In diesem Moment piepst es in ihren Ohren. Mist, die Mailbox ist voll. Das hätte sie jetzt aber sehr interessiert. Ob sie nochmals anrufen soll? Er wird sowieso nicht abnehmen. Sie muss sich wohl oder übel gedulden. Ob sie Jil anrufen soll? Sie kichert und wählt die Nummer von Jil.

Nun klingelt das Telefon. Mein Gott, was ist denn heute eigentlich los? Sie ist noch längst nicht fertig und die Zeit läuft ihr davon. Sie wartet, bis der Anrufbeantworter angeht. Es könnten ja ihre Kinder sein. Sie horcht und hört gerade den Pfeifton am Schluss ihrer Ansage. »Hi, Jil, hier ist Jessy. Wollte nur mal schauen, wie es dir so geht. Schade, dass du nicht zu Hause bist. Na ja, vielleicht ein anderes Mal. Küsschen.«

Jil lächelt vor sich hin. Wenn Jessy wüsste … Aber jetzt musste sie sich beeilen.

Aha, Jil ist auch nicht zu erreichen. Ob das ein Zufall ist? Sie muss notgedrungen ihre Neugier zurückstellen. Aber spätestens morgen will sie wissen, was hier gespielt wird. Sie ist verdammt neugierig und runzelt die Stirn. Natürlich freut sie sich auch für ihren Bruder und drückt ihm die Daumen.

Jil hat sich von ihrer Freundin Madison zu einem exklusiven Kleid überreden lassen. Sie hätte sich alleine nie getraut, dieses zu kaufen, war aber selber überrascht, wie gut es ihr stand.

»Ist es nicht zu auffällig?«

»Ach was, es steht dir ausgezeichnet. Du siehst fantastisch aus. Jetzt gehen wir nebenan ins Schuhgeschäft und kaufen noch die passenden Schuhe dazu.«

Tatsächlich hatte sie sich auch noch ein paar passende Pumps gekauft. Madison musste sie nicht einmal dazu überreden. Sie sahen einfach himmlisch aus. Nur an der Kasse musste sie kurz leer schlucken. Ach, was soll's. Sie gönnte sich ja sonst nie was.

Behutsam steigt sie ins Kleid und versucht den Reissverschluss auf dem Rücken zu erreichen. Mist, daran hat sie gar nicht gedacht. Wie soll sie das Kleid alleine zukriegen? Sie verrenkt sich, so gut es geht, und schafft es tatsächlich, den Reissverschluss bis oben zu schliessen. Sie zieht an dem roten, eng anliegenden Kleid, um es in Position zu bringen. Dazu trägt sie ihre silbrigen Ohrstecker und am Hals eine Silberkette mit einem Kreuz, welches sie von ihren Schwiegereltern und den Kindern zum 30. Geburtstag geschenkt bekommen hat. Die Haare trägt sie heute offen. Sie fallen ihr in weichen Wellen über die Schulter. Dezentes Make-up rundet das Bild ab. Sie steigt in die roten Pumps und betrachtet sich im Spiegel. Nicht schlecht. Sie ist mit sich zufrieden. Sie lächelt ihrem Spiegelbild Mut zu, und in diesem Moment klingelt es an der Haustür.

Jack schaut abermals auf die Uhr. Bereits fährt er zum achten Mal um den Block. Die Leute müssen ja denken, da sei einer bescheuert. Die Zeit will einfach nicht verstreichen. Er sucht sich nun einen Parkplatz und will den Rest der Zeit vor dem Haus stehen bleiben. Na toll, jetzt ist natürlich alles besetzt. Eine letzte Runde gönnt er sich. Er muss selber über sich lachen, denn er ist total überdreht. Eine ältere Dame sitzt auf einer Bank und schaut ihn total konfus an. Er winkt ihr zu und schickt ihr eine Kusshand. Die Frau erschreckt sich dermassen, erhebt sich und eilt des Weges. Oje, das wollte er auf keinen Fall. Hoffentlich ruft sie nicht die Polizei. Gerade eben fährt einer weg und er kann die Parklücke übernehmen. Er betrachtet sich im Rückspiegel, greift nach seiner Lederjacke, nimmt die Blumen vom Beifahrersitz und steigt aus. Nur noch ein paar Schritte, dann er ist endlich bei ihr. Er sucht nach ihrem Namensschild, zögert kurz und drückt dann energisch auf die Klingel.

Ramona und Ron kichern über ihren Grandpa, welcher sich soeben den Schaum von den Lippen leckt. Sie sitzen in einem gemütlichen Biergarten und trinken ihre Schokolade.

»Lacht ihr mich aus?«, fragt er die beiden und schaut sie streng mit einem Zwinkern an.

»Ach was, was denkst du auch, Grandpa!«, kichert Ramona. Er wirft den Bierdeckel nach ihr.

»Nanu, Mike, was machst du da? Was sollen die Leute von dir denken?«

Emily schaut ihren Mann liebevoll an. Sie meint es nicht böse und freut sich über den Spass, welchen er mit den Kindern hat. Sollen doch die Leute denken, was sie wollen.

»Kommt, ihr zwei, wir gehen zusammen auf den Spielplatz.«

Grandpa nimmt auf jeder Seite ein Kind an die Hand, wirft seiner Frau ein Küsschen zu und marschiert Richtung Spielplatz. Sie lächelt den dreien nach, trinkt ihren Tee und geniesst den lauen Sonnenschein. Eigentlich ist es fast zu kalt, um draussen zu sitzen, doch sobald die Sonne sich zeigt, wärmt sich die Luft auf, und mit ihrer warmen Daunenjacke lässt es sich hier ganz gut einen Moment sitzen.

Sie verbringen so viel Zeit wie möglich draussen. Auch bei schlechtem Wetter wird ein Spaziergang absolviert. Dieses Ritual ziehen sie seit der Pensionierung von Mike täglich durch. Sie haben Zeit dafür und es hält sie fit. Mit den Kindern wird dieser Spaziergang immer ein wenig ausgedehnt mit einem Besuch im Biergarten, wenn es nicht gerade regnet. Auch den Kindern tut die tägliche frische Luft gut, und an diesem Spielplatz sind sie nicht ohne Halt vorbeizubringen. Sie lieben es, mit ihrem Grandpa die Rutsche hinunterzusausen oder aufs Klettergerüst zu steigen.

»Mia, schön, dich zu hören. Du glaubst nicht, was ich heute erlebt habe. Wie du weisst, gehe ich einmal im Monat zum Friseur, danach trinke ich meine Tasse Tee im Seaside-Café. Am Nachmittag habe ich mich hingelegt, um danach frisch zu sein für meinen Spaziergang. Beim Spaziergang traf ich unsere Freundin Ava und wir haben zusammen eine Kleinigkeit zu Abend gegessen. Als ich dann auf dem Heimweg feststellte, dass ich meinen Hausschlüssel vergessen habe, musste ich bei meiner Nachbarin klingeln. Glücklicherweise war sie zu Hause und hat mir geöffnet. Äh, was wollte ich denn eigentlich erzählen?«

Das frage ich mich auch schon die ganze Zeit, denkt Mia gelangweilt. Es ist immer das Gleiche, ich rufe sie an und sie plappert mich voll, denkt sie resigniert.

»Wo war ich stehen geblieben? Ach ja, danach wollte ich ein bisschen lesen. Da hatte ich plötzlich grosse Lust auf Schokolade. Als ich zu meinem Süssigkeitenschrank lief, du weisst schon, der hinten rechts, musste ich feststellen, dass dieser leer war. Wie du weisst, mein einziges Laster.«

Sie gackert schrill ins Telefon. Schlagartig entfernt Mia den Hörer von ihrem Ohr und rollt mit den Augen. Komm auf den Punkt, Frau, denkt sie genervt.

»Ich ging also nochmals aus dem Haus und holte mir um die Ecke bei Herrn Berry eine Tafel feinster Pralinen-Schokolade. Weisst du noch, als wir zusammen in Christchurch waren? Da habe ich doch Schokolade eingekauft und mir die neue Sorte mit Pralinenfüllung zum Kosten ausgesucht. Die ist wirklich vorzüglich, hätte ich doch direkt mehrere Tafeln mitgenommen. Aussen hat sie einen harten Schokoladenkern und innen eine zarte Pralinenfüllung. Mmh, herrlich, mir läuft schon wieder das Wasser im Mund zusammen. Na ja, bei Herrn Berry kriege ich die ja nicht, aber er hat eine Sorte, welche dieser sehr nahekommt. Sie ist nicht ganz so ...«

Mia knallt verärgert ihr Telefon aufs Sofa und liest weiter in ihrem spannenden Krimi. Dieses Gequatsche kann noch Stunden dauern. Zwischendurch ein »Aha« oder »So, so« reicht vollkommen aus. Doch plötzlich hört sie einen grellen Schrei. Du meine Güte! Hastig nimmt sie das Telefon wieder zur Hand und drückt es an ihr Ohr.

»Ich sage dir, das glaubst du nicht, unvorstellbar!«

Mist, jetzt hatte sie wohl das Interessanteste verpasst. Wie sollte sie jetzt am unauffälligsten nachfragen? Ihr kommt eine grandiose Idee. Sie hustet, so laut sie kann.

»Oje, hast du dich verschluckt oder bist du dermassen erkältet? Ich habe ein gutes, altes Hausfrauen-Rezept. Kauf dir Salbeiblätter und koche sie mit Wasser auf. Dann gurgelst du mit dieser Brühe. Oder trinkst es als Tee mit ein wenig Honig. Du wirst sehen, dein Husten verschwindet so schnell, wie er gekommen ist. Wo war ich denn gerade stehen geblieben?«

Jetzt kam Mia zum Einsatz. Eilig erwidert sie: »Als du dir die Schokolade geholt hast.«

»Ach nee, war ich nicht schon weiter? Na ja, ich werde immer älter und vergesslicher.«

Mia muss sich ein Grinsen verkneifen. Der Nachteil ist allerdings, dass sie jetzt doch noch die ganze Story hören muss, doch sie kann sich wenigstens auf etwas Interessantes freuen – so wie Amelia geschrien hat, könnte es doch noch spannend werden.

»Ich freute mich also so sehr aufs Essen der Schokolade, dass ich die Packung schon unterwegs aufgerissen habe. Da es heute ein schöner milder Abend ist, setzte ich mich auf die Bank vor unserem Haus. Da fuhr gerade ganz langsam eine blaue Limousine vorbei. Am Steuer sass ein attraktiver junger Mann. Mich wunderte ein bisschen, wieso er so langsam fuhr. Ich habe mich aber dann nicht weiter darum gekümmert, schliesslich will man sich ja nicht in die Angelegenheiten anderer Leute einmischen, nicht? Ich ass also weiterhin genüsslich meine Schokolade. Plötzlich fuhr die gleiche Limousine wieder ganz langsam vorbei. Ich erinnere mich genau. Die Farbe des Fahrzeuges war doch sehr auffallend blau. So ein Türkisblau. Eine ganz aussergewöhnliche Farbe für ein Auto. Zuerst dachte ich, vielleicht sucht er einen Parkplatz. Aber du wirst es nicht glauben. Der fuhr doch tatsächlich wieder und wieder vorbei. Sage und schreibe neun Mal. Neun Mal, kannst du dir das vorstellen? Und jetzt kommt's. Sehr wahrscheinlich hat er gemerkt, dass ich ihn eigenartig angeschaut habe. Da lupft er doch die Hand winkt mir zu und schickt mir einen Kuss. Miiiiiiir, einen Kuss!« Amelia brüllt dermassen ins Telefon, dass Mia zusammen zuckt und den Apparat von ihrem Ohr wegzieht. »Ich sage dir, das glaubst du nicht, unvorstellbar!«

Oh nein, und das ist jetzt die ganze tolle Story, denkt Mia enttäuscht.

»Ich habe mich dermassen erschrocken, dass ich aufgestanden bin und so schnell es ging nach Hause geeilt bin. Ein Spanner in unserer Gegend, stell dir diese Tragödie vor. Und dann noch ein so adrett und nett aussehender junger Mann. Also, heutzutage kann man nicht einmal mehr vor der eigenen Haustür sicher sein. Was der wohl von mir wollte? Hat er denn nicht gesehen, dass ich nicht mehr die Jüngste bin? Also, ein wenig geschmeichelt war ich ja schon.«

Mein Gott, jetzt meint die alte Schachtel doch tatsächlich, der hätte ihr schöne Augen gemacht. Mia konnte sich nicht halten vor Lachen. Schnell zieht sie ihr Funktelefon weg, damit Amelia ihr Prusten nicht hört.

»Also, Mia, dein Husten tönt schrecklich, da musst du wirklich dringend etwas unternehmen. Aber warte, die Geschichte geht noch weiter.«

Oh nein! Mia streicht sich die Lachtränen aus den Augen und hört nun doch gespannt zu.

»Als ich dann atemlos und völlig gestresst in meiner Wohnung angekommen bin, musste ich mich doch glatt zuerst einmal hinlegen. Nachdem ich mich ein wenig beruhigt hatte, schaute ich vorsichtig zum Fenster hinaus. Da sah ich doch tatsächlich, dass der Schlawiner ausstieg und über die Strasse auf mein Wohnhaus zukam. Nun bekam ich es doch mit der Angst zu tun und habe die Polizei angerufen. Sie haben mich zuerst versucht zu beruhigen und gebeten, auf keinen Fall die Tür zu öffnen, falls jemand klingelt. Da habe ich mich hingelegt, du weisst ja, mein hoher Blutdruck, und da bin ich doch tatsächlich eingeschlafen. Als ich eine halbe Stunde später erschrocken hochfuhr und ans Fenster geeilt bin, war die Limousine weg. Vielleicht habe ich die Klingel nicht gehört und er hat aufgegeben. Aber eines sage ich dir, dieses Fahrzeug vergesse ich so schnell nicht wieder. Der soll sich mal hier blicken lassen, dann schreibe ich mir das Kontrollschild auf.«

Wie wollte sie dies wohl bewerkstelligen, fragt sich Mia, mit ihrer Kurzsichtigkeit?

»So, meine Liebe, jetzt haben wir genug lange geplaudert. Ich brauche meinen Schönheitsschlaf. Bis bald, und grüss mir deinen Mann Matthew. Er soll auf seine Prostata aufpassen.«

Die Leitung war unterbrochen. Jetzt hat Amelia doch tatsächlich aufgelegt. Mia prustet los und hält sich den Bauch.

Ihr Mann Matthew kommt ins Wohnzimmer und fragt sie: »Was ist denn so lustig, my Darling?«

16

Jil drückt den Türöffner, schiebt die Tür einen Spaltbreit auf und hört, wie jemand die Treppe hochsteigt. Sie bleibt wie angewurzelt hinter der Tür stehen, weiss nicht so recht, ob sie sie wieder schliessen soll oder warten soll. Sie ist so was von aufgeregt. In diesem Moment schreckt sie zusammen, weil jemand sacht an die Tür klopft. Sie reisst die Tür auf und da steht er. Schwarze Jeans, ein eng anliegendes anthrazitfarbenes Hemd, dunkle Cowboystiefel, die Lederjacke lässig über die rechte Schulter geschwungen. In der anderen Hand hält er einen traumhaften Blumenstrauss, den er ihr jetzt mit einem unglaublichen Lächeln entgegenstreckt.

Sie schluckt leer. Ihr Herz hüpft wie wild in ihrer Brust. Sie bittet ihn einzutreten und nimmt den Blumenstrauss scheu entgegen. Jack beugt sich vor und küsst sie sanft auf die Wange. Es prickelt in ihrem ganzen Körper und sie merkt, wie sich ihre Wangen röten.

Jack kann sich nicht satt sehen. Jil sieht atemberaubend aus. Sie trägt ihre glänzenden schwarzen Haare offen, was er noch nie an ihr gesehen hat und was ihr fantastisch steht. Ihre Wangen sind leicht gerötet. Das hauteng rote Kleid lässt ihre schlanke Figur nicht nur erahnen. Er räuspert sich und versucht vergebens, den Blick von ihr zu wenden.

Jil ist die Erste, die ihre Stimme wiederfindet. »Vielen herzlichen Dank für den wunderschönen Blumenstrauss. Ich stelle ihn kurz ins Wasser.«

Sie eilt in die Küche, um die Blumen anzuschneiden und eine Vase zu holen. Als sie sich umdreht, sieht sie, dass Jack immer noch im Korridor steht. Meine Güte, was ist nur aus dem schüchternen Jungen geworden? Wo hatte sie nur ihre Augen! Dieser Mann muss die Frauen anziehen wie das Licht die Motten. Unglaublich. Sie holt tief Luft und kramt im Schrank nach einer Vase. Jack sieht vom Korridor her, wie Jil sich im engen Kleid nach unten bückt. Leise saugt er die Luft ein. Ihr Hintern sieht dermassen verführerisch aus in diesem engen Kleid. Langsam schreitet er Richtung Küche. Jil dreht sich um und sieht Jack im Türrahmen stehen.

»Darf ich eintreten?«

»Oh, entschuldige, selbstverständlich.«

»Bezaubernd siehst du aus«, flüstert er leise.

»Möchtest du gerne unser kleines Reich besichtigen oder müssen wir schon los?«

Sie arrangiert die Blumen in der Vase, damit sie ihn nicht anschauen muss. Gottlob war ihre Freundin Jessy nicht hier. Sie würde sich totlachen, wenn sie ihre Freundin so sehen würde.

»Ich sehe mich gerne um, wenn es dir nichts ausmacht. Wir haben noch ein bisschen Zeit.«

Sie führt ihn durch die Wohnung. Als sie das Zimmer ihrer Zwillinge öffnet, lächelt er sie an.

»Sind deine Kinder immer so ordentlich? Da könnte sich Joshua ein Vorbild nehmen.«

»Nein, nein, wo denkst du hin! Obwohl ich sie natürlich schon gebeten habe, Ordnung zu schaffen, bevor sie in die Ferien fahren. Aber ich habe am Sonntag so richtig alles ausgeputzt. Dies ist immer eine gute Gelegenheit, wenn sie weg sind.«

Jack sieht an der Wand den Cowboyhut, den er Ron geschenkt hat, an einem Nagel hängen. Wenn sie mit ihren Kindern bei ihm wohnen würde, könnte Ron den Hut jeden Tag tragen.

»Ihr müsst unbedingt bald wieder einmal zu uns kommen, dann kann Ron seinen Hut wieder aufsetzen.« Als wenn dies der wirkliche Grund wäre.

»Ach, rede nicht von diesem Hut.« Jil lächelt ihn an. »Du glaubst nicht, was ich für einen Kampf mit Ron ausgetragen habe. Zuerst wollte er den Hut im Bett anziehen bzw. gar nicht mehr ausziehen. Am Morgen wollte er ihn unbedingt für in die Schule aufsetzen. Dies wird jedoch von seinem Lehrer nicht toleriert. Plötzlich jammerte Ramona auch noch, sie möchte auch so einen schönen Cowboyhut haben. Schlussendlich einigten wir uns, dass er ihn am Wochenende tragen darf und dass wir ihn unter der Woche an die Wand hängen, damit beide ihn immer im Blick haben. Ich war riesig erstaunt, dass er in der Aufregung sogar vergessen hat, ihn mit zu den Schwiegereltern zu nehmen. Aber am Samstagmorgen hat er mich prompt in aller Frühe angerufen und tatsächlich gemeint, ich bringe ihm den Hut vorbei. Kinder!«

»Ich habe mir ehrlich Gedanken gemacht, ob ich Ramona auch einen schenken soll. War mir aber nicht sicher, ob dies nicht vielleicht für ein Mädchen unpassend ist. Deshalb habe ich mich dann für die Umhängetasche entschieden.«

»Ramona hat sich enorm darüber gefreut. Wie du siehst, ist die Tasche nicht hier im Zimmer. Sie hat sie natürlich mitgenommen und trägt sie stolz überall mit sich«, erzählt Jil.

»Jetzt weiss ich auf alle Fälle schon, was ich Ramona zu ihrem zehnten Geburtstag schenken kann«, strahlt Jack.

»Verwöhn mir die beiden nur nicht so!« Ramona hebt den Zeigefinger und schaut ihn schelmisch an.

»Am liebsten würde ich euch alle drei immer verwöhnen.«

Ups, das ist ihm jetzt so rausgerutscht. Erschrocken schaut er Jil an. Hoffentlich fühlt sie sich nicht bedrängt. Jil errötet leicht, erwidert jedoch nichts, nimmt seine Hand und zieht in weiter Richtung Wohnzimmer.

»Dies hier ist unser Wohn-, Spiel- und Aufenthaltszimmer in einem. Hier sind wir bei schlechtem Wetter meistens anzutreffen.«

Jack sieht sich um, gemütlich und liebevoll ist der Raum eingerichtet. Im Mittelpunkt steht ein grosser runder Tisch mit sechs Stühlen. Auf der rechten Seite steht eine schwarze Couch, mit je zwei roten, orangen und gelben Kissen verziert, was dem Raum eine lebhafte und fröhliche Note gibt. Er fühlt sich sofort geborgen.

»Das war's. Mehr habe ich dir nicht zu bieten. Wir leben hier sehr bescheiden, aber sind glücklich.«

»Ich finde es sehr gemütlich hier. Wir können gerne los, wenn du so weit bist.«

Zusammen verlassen sie die Wohnung.

»Hi, Mom, Jessy hier. Sag mal, was ist denn eigentlich mit Jack los? Der ist nie zu erreichen. Langsam mache ich mir Sorgen.«

Grace kann sich lebhaft vorstellen, dass Jessy beunruhigt ist, wenn ihr Bruder einmal nicht zu erreichen ist. Schliesslich ist er sonst immer für seine kleine Schwester da. Sie überlegt, was sie ihrer Tochter erzählen soll. Sie will sie auf keinen Fall anlügen. Jedoch hat sie Jack versprochen, ihr nicht zu erzählen, dass er sich mit Jil trifft. Er will es ihr später selber erzählen.

»Mom, bist du noch dran?«

»Ja, mein Schatz, ich bin da. Jack geht es gut. Er ist momentan mit einem speziellen Projekt beschäftigt und deshalb hat er sein Handy ausgeschaltet. Aber er wird dich bald anrufen.«

Tönt ein wenig sonderbar, doch Grace hofft, Jessy fragt nicht nach. Schnell versucht sie das Gespräch in andere Bahnen zu lenken.

»Jessy, wann kommst du eigentlich wieder einmal zu Besuch? Ich vermisse dich.«

Jessy ist nicht auf den Kopf gefallen und schmunzelt vor sich hin. Sie hat sofort gemerkt, dass ihre Mutter nach einer Ausrede sucht. Irgendwas ganz Spezielles muss im Busch sein. Es würde sie extrem interessieren. Doch sie weiss, ihr Bruder wird sie dann später einweihen. Plötzlich hat sie eine spontane Eingebung, denn sie ist sich nun sicher, dass er sein erstes Date mit Jil hat. Wie es eben so ihre Art ist, platzt sie sofort damit heraus.

»Aha, nun ist mir alles klar. Er hat es endlich geschafft, Jil um ein Date zu bitten. Interessanterweise habe ich nämlich Jil auch nicht erreicht.«

Grace kennt ihre Tochter genau und ihr war von Anfang an klar, dass man sie nicht an der Nase herumführen kann.

»Das habe ich dir aber nicht erzählt. Versprich mir, dass du dich zurückhältst, bis Jack es dir selber erzählt.«

»Klar, Mom.«

Jessy kreuzt die Finger hinter dem Rücken und grinst vor sich hin. Grace glaubt ihr kein Wort, aber sie wird ihr auch nicht verraten, wo sie sich treffen. So kann sie keinen Schaden anrichten.

»Ich bin hier in Sidney gut angekommen. Es ist einfach traumhaft hier. Mom, du musst unbedingt auch wieder einmal nach Sidney fahren. Es ist ein ganz besonderer Eindruck, vor dem Opera House zu stehen. Heute Abend besuchen wir eine Vorstellung. Romeo und Julia. Das wäre doch was für Jil und Jack.«

Jessy lacht fröhlich. Grace muss auch schmunzeln.

»Du bist unverbesserlich. Geniesse die Tage in Sidney, komm gesund nach Hause. Und besuche mich danach wieder einmal, hörst du.«

Jessy verabschiedet sich mit einem Schmatzer durchs Telefon und legt auf.

Lautes Gelächter ist zu hören. Jil und Jack sitzen zusammen in einer gemütlichen Ecke in diesem exklusiven Restaurant. Jil kennt diese Adresse seit Langem. Jedoch übersteigt dieses Haus ihr Budget. Umso mehr freut sie sich, jetzt hier sitzen zu dürfen. Jack und sie amüsieren sich prächtig. Sie wischt sich eine Träne aus den Augen vor lauter Lachen. Jack war schon immer ein hervorragender Unterhalter. Das Essen ist vorzüglich und reichlich. Die Portionen sind so gross, da hätten locker ihre drei Kinder auch noch mitessen können. Ihre drei Kinder? Tönt irgendwie verlockend.

»Was hast du soeben gedacht? Du siehst so glücklich aus!«

Jack schaut sie über den Tisch liebevoll an. Sie läuft wieder rot an. Gottlob ist dies durch das schummrige Kerzenlicht nicht zu sehen. Jack hat es jedoch genau gesehen. Er liebt diese Frau abgöttisch. Er kann sich nicht mehr vorstellen, ohne sie zu sein. Am liebsten hätte er ihr dies jetzt sofort gestanden. Der Abend läuft wunderbar. Alles hat hervorragend geklappt. Die Adresse war wirklich zu empfehlen. Die Bedienung ist sehr freundlich. Das Essen eine Wucht und das Ambiente traumhaft. Er fühlt sich rundum wohl und ist überglücklich. So sollte es immer sein. Er stellt sich vor, wie Jil, Ramona, Ron, Joshua und er hier zusammen als glückliche Familie essen würden. Wer weiss, vielleicht müssten sie die Kellnerin um einen Kindersitz bitten, weil ihr erstes gemeinsames Kind noch zu klein ist, um selber am Tisch zu sitzen. Sein Herz schlägt schneller. Eine schöne Vorstellung. Gerne hätte er noch weitere Kinder, und Jil wäre die richtige Partnerin dafür.

Jil räuspert sich. Ob sie ihn langweilt? Sie hat soeben das Gefühl, er sei mit seinen Gedanken weit weg.

Jack schreckt aus seinen Überlegungen hoch. Er schaut in die glänzenden grünen Augen von Jil. Reflexartig nimmt er ihre Hand, welche neben dem Weinglas liegt, in seine. Sie fühlt sich wundervoll an. Es durchströmt ihn wohlig. Er muss sich beherrschen, sie nicht hier und jetzt in die Arme zu nehmen.

Jil durchfährt die Berührung wie ein Blitz. Um sie ist es längst geschehen. Solche Gefühle hat sie schon lange nicht mehr erlebt. Sie hat auch nie mehr damit gerechnet, sich so wohlzufühlen. Ruhig lässt sie die Hand in seiner liegen. Sie hofft, er wird diese noch lange auf ihrer Hand liegen lassen. Sie ist glücklich und satt. Die Kellnerin bringt ihnen soeben die Nachspeisenkarte. Jack lässt leider ihre Hand los, um die Karte entgegenzunehmen. In diesem Moment hätte sie die Frau auf den Mond schicken können.

»Magst du noch was Süsses und einen Kaffee?«

Ja, am liebsten würde ich dich vernaschen. Sie erschrickt über ihre Gedanken, welche so gar nicht ihrem Wesen entsprechen. »Nein, vielen Dank. Ich bin voll bis obenhin.«

»Also, ich genehmige mir noch ein Stück warmen Schokoladenkuchen, der soll hier vorzüglich sein, und einen

Espresso. Du kannst ja bei mir noch mitnaschen, wenn du möchtest.«

Jack hatte schon als kleiner Junge einen unglaublichen Appetit. Sie erinnert sich an eine Geburtstagsparty. Jessy feierte ihren siebten Geburtstag und lud einige Freunde ein. Jack und sie waren natürlich mit dabei. Jessy blies soeben ihre sieben Kerzen aus, als Jack schon nach dem Marzipanschwein greifen wollte, welches mitten auf dem Kuchen prangte. Jessy haute ihm eins auf die Finger und schrie wie am Spiess. Betty kam aus der Küche gerannt, weil sie meinte, Jessy habe sich an den Kerzen die Finger verbrannt. Sie wies Jack zurecht, welcher verschmitzt in die Küche rannte und sich dort an dem warmen Schokoblechkuchen gütlich tat. Als Betty in die Küche zurückkam, verschlang er soeben sein zweites Stück. Betty zog ihn an den Ohren aus der Küche und gab ihm einen Klaps auf den Hintern. Mit verschmiertem Mund und hochrotem Gesicht stand er vor der ganzen Kinderschar. Jessy war die Erste, die in lautes Gelächter ausbrach. Jack raste verschämt zum Brunnen und putzte sich das Gesicht sauber. Danach kam er lässig wieder zurück und setzte sich an den Tisch, wo er mit grossem Appetit zwei weitere Stück Kuchen verschlang.

Als die Kellnerin den Kuchen und Kaffee bringt, stellt Jack den Teller in die Mitte, steckt die Gabel in den noch warmen, duftenden Kuchen und hält die Gabel Jil vor den Mund. Sie nimmt die Gabel in den Mund und kostet den vorzüglichen Kuchen. Jack nimmt den nächsten Bissen. Ein älterer Mann am Nebentisch steht auf, greift nach seinem Hut und Spazierstock, schlurft an ihrem Tisch vorbei, legt die Hand auf Jacks Schulter, beugt sich leicht nach vorne und flüstert ihm etwas ins Ohr. Danach richtet er sich mühsam wieder auf und sagt laut: »Geniessen Sie jede Minute mit Ihrer schönen Frau. Liebe ist was Wunderbares! Ich habe meine Frau auch immer gerne verwöhnt und sehr geliebt! Noch einen wunderschönen Abend wünsche ich euch.«

Er hebt den Hut zum Gruss und verlässt das Lokal. Jil und Jack schauen sich an und wissen beide nicht so recht, was sie sagen sollen. Jack lächelt nur und Jil senkt die Augen.

»Grandpa, Ron, wo seid ihr denn schon wieder?«

Ramona rennt schreiend durchs Haus und in den Garten. Natürlich, wie könnte es anders sein – wieder in der Werkstatt! Sie verdreht die Augen. Seit die beiden mit diesem Wunderwerk begonnen haben, findet man sie nur noch in der Werkstatt.

»Kommt rein, es gibt Abendbrot.«

Sie kehrt sich um und rennt zurück ins Haus. Die beiden sind so vertieft in ihre Arbeit, dass sie Ramona gar nicht gehört haben.

Grace sitzt auf der Veranda und geniesst die letzten Sonnenstrahlen. Es wird rasch kühl am Abend. Sie freut sich jetzt schon auf den Sommer, wenn man wieder bis in die Nacht hinein draussen sitzen kann. Sie denkt an ihren Sohn. Wie es ihm wohl ergeht? Jetzt müssten sie eigentlich bereits im Restaurant sein. Sie kann sich gut vorstellen, dass Jil und Jack ein Paar sein könnten. Sie würde sich freuen, wenn auch noch Kinder eingeplant wären. Seit dem Tod von Tom fühlt sie sich oft einsam. So hätte sie wieder eine Aufgabe und dürfte sicher ab und zu das Baby umsorgen. Joshua war schon zu gross, um sich noch von ihr verhätscheln zu lassen. Er freute sich jetzt eher darauf, wenn er seinen Vater begleiten durfte. Ein bisschen mehr Leben in der Bude würde ihnen allen guttun. Und eine liebe Frau an der Seite ihres Sohnes wünscht sie sich schon lange. Er hat es verdient. Die Frauen wissen gar nicht, was sie verpassen. Einen fürsorglicheren Mann gibt es gar nicht.

Mit Schaudern erinnert sie sich an Cassie. Mit ihr wurde sie nie richtig warm. Sie war ihr zu kalt und von sich selbst eingenommen. Einmal, sie weiss es noch genau, Jack verbrachte mit seiner Frau und seinem Sohn die Sommerferien bei ihnen. Es war an einem schönen, lauen Sommerabend. Jack kam gerade mit Joshua vom Meer zurück. Der Kleine hatte neu das Laufen gelernt. Mit seinen kurzen Beinchen wackelte er vorsichtig neben seinem Vater her. Seine rechte Hand hielt er fest zu einer Faust zusammengepresst und in der anderen Hand hielt er stolz seine Sandschaufel. Unmittelbar vor der Terrasse erkannte er seine Grandma und rannte, so schnell es seine kurzen Beinchen erlaubten, zu ihr hin. »Au, au!« Er streckte ihr seine geschlossene Hand entgegen und strahlte sie an. Zuerst dachte Grace, er hätte sich verletzt, bis sie begriff, dass dies »schau, schau« heissen sollte. Vorsichtig öffnete er seine Hand und darin befand sich eine wunderschöne Grünlippenmuschel. Ihre perlmuttfarbene Schale schimmerte grossartig in der Sonne. Sie streichelte ihm übers Haar.

In diesem Moment kam Cassie durch die Terrassentür gerauscht. Sie trug ein traumhaftes blaues Abendkleid. Ihr Haar war zu einer raffinierten Hochsteckfrisur frisiert. Ihre Augen, fand Grace, waren viel zu stark geschminkt. In der Hand hielt sie ihre elegante Gucci-Handtasche. Ihre Nägel waren farblich genau mit ihrem Lippenstift abgestimmt. Sie sah ihren Mann von oben bis unten abschätzend an. Jack stand da und lächelte sie an, bekleidet mit einer schwarzen Badehose und einem bunten Badetuch über der Schulter.

Seine Füsse steckten in offenen Badeschlappen. Über der rechten Schulter hing die Badetasche und in der linken Hand hielt er diverses Spielzeug seines Sohnes. Unter den Arm geklemmt hatte er ein grünes aufgeblasenes Krokodil, welches Joshua als Schwimmring diente.

Joshua bemerkte seine Mutter, lief zu ihr hin und wollte sich am Rockzipfel festhalten. Die Hand mit der Muschel streckte er ihr hin und strahlte übers ganze Gesicht. »Au, au.«

Cassie kreischte und trat einen Schritt zurück. »Pass auf, mein Kleid – pass auf mit deinen sandigen Fingern.«

Joshua erschreckte sich so, dass er die Muschel fallen liess und diese in zwei Teile zerbrach. Er fing an zu weinen und setzte sich auf den Boden. Cassie beachtete ihn nicht und schaute ihren Mann hochnäsig an.

»Dir ist klar, dass wir in zehn Minuten gehen müssen?«

Jack kochte vor Wut. Er setzte sich zu seinem Sohn auf den Boden und las die einzelnen Teile der Muschel zusammen. Er nahm seinen Sohn auf die Arme und flüsterte ihm etwas zu. Dieser lachte hellauf und seine Welt war wieder in Ordnung. Jack ignorierte seine Frau und marschierte mit seinem Sohn zurück ans Meer. Sie schrie ihm hysterisch nach: »Was jetzt?« Doch Jack reagierte nicht und lief weiter. Cassie drehte sich zu ihr um und sah sie fragend an. Grace hatte keine Lust, dazu etwas zu sagen, sonst wäre sie unhöflich geworden. Sie vertiefte sich weiter in ihr Buch und ignorierte den Blick ihrer Schwiegertochter. Diese fluchte etwas vor sich hin, machte auf dem Absatz kehrt und verschwand im Haus. Fünf Minuten später brauste sie mit ihrem Porsche davon.

Solche Szenen passierten leider immer wieder. Grace konnte nicht verstehen, wie man mit einem Kind so umgehen konnte, geschweige denn mit dem eigenen.

Etwa eine halbe Stunde später hörte sie in der Ferne Kinderlachen. Sie schaute Richtung mehr und da kamen ihr Sohn und ihr Enkelkind des Weges. Jack hatte Joshua huckepack auf die Schultern gesetzt. Er hüpfte mit ihm auf und ab. Joshua quietschte vor Freude. Als er seine Grandma entdeckte, strampelte er, bis ihn Jack von den Schultern hob und auf den Boden stellte. So schnell es seine kleinen Stampferbeinchen erlaubten, lief er zu ihr hin und zeigte ihr voller Stolz die neue Muschel, noch glänzender als die erste. Sie nahm den Kleinen hoch, setzte ihn auf ihre Knie und streichelte ihm über den Kopf. Jack setzte sich neben sie und stimmte ein Kinderlied an. Sie stimmte mit ein. Zu dritt sassen sie auf der Bank. Joshua kam nicht mehr aus dem Staunen heraus und sass mit offenem Mund da und lauschte dem schönen Gesang.

»So, mein kleiner Mann, Zeit, ins Bett zu huschen.«

Jack packte Joshua und warf ihn spielerisch über die Schulter. Dieser quietschte erneut auf.

Jack kann hervorragend mit Kindern umgehen. Es wäre schön nochmals ein Baby im Haus zu haben.

Langsam wird ihr kalt. Sie steht auf und geht ins Haus. Gerne möchte sie noch mit jemandem ein bisschen plaudern. Sie holt das Telefon und ruft Phyllis an.

Jack und Jil verlassen das Restaurant. Der Abend ist mild, trotzdem fröstelt Jil. Jack legt ihr seine Jacke um die Schultern. Jil hat den Abend sehr genossen. Schon lange hat sie sich nicht mehr so amüsiert und so gut gefühlt. Ob sie ihn noch auf einen Kaffee zu sich einladen soll? Sie ist sehr verunsichert. Doch Jack denkt gar nicht daran schon nach Hause zu gehen. Soeben fragt er sie, ob sie Lust hat, mit ihm noch ans Meer zu fahren um den

Sternenhimmel zu bewundern. Sie nickt und freut sich über die Idee.

Zusammen schlendern sie barfuss den Strand entlang. Jack hält ihre Hand ganz sanft in seiner. Sie spürt seine Wärme und fühlt sich sehr geborgen. Dieser Abend sollte nie mehr enden. Abrupt bleibt er stehen. Sie wäre fast gestolpert. Er dreht sich zu ihr um, schaut ihr tief in die Augen und streicht ihr eine Haarsträhne sanft aus dem Gesicht. Sie schaut zu ihm hoch und sieht sein Verlangen in seinen blauen Augen. Langsam neigt er seinen Kopf und küsst sie sanft auf ihre Lippen. Beherrsche dich, denkt er. Sacht liebkost er mit der Zunge ihre Lippen. Sie schmiegt sich enger an ihn und spürt seine Härte. Vorsichtig öffnet sie ihre Lippen und küsst ihn leidenschaftlich. Ein Stöhnen dringt aus ihrer Kehle. Zu lange ist es her, dass sie so zärtlich geküsst wurde. Jack kann seine Beherrschung nicht mehr zügeln und drängt sich noch enger an sie. Seine Hand streichelt ihr gefühlvoll übers Haar. Ihre Hand hat sie unter sein Hemd geschoben. Sanft liebkost sie seinen nackten Rücken. Er erschaudert. Mein Gott, diese Frau fühlt sich herrlich an. Jil ist wie in Trance, sie fühlt, wie ihr ganzer Körper auf ihn reagiert. Am liebsten hätte sie ihn sofort hier im Sand geliebt. Der Kuss dauert eine Ewigkeit. Immer wieder schauen sie sich an, um dann wieder ineinander zu verschmelzen. Leise wispert sie ihm zu: »Erzählst du mir, was der alte Mann dir ins Ohr geflüstert hat?«

17

Jil liegt in ihrem Bett. Von Schlafen keine Spur. Ihr Körper ist immer noch am Vibrieren. Sie strahlt übers ganze Gesicht. Sie lässt den ganzen Abend nochmals Revue passieren. Es ist unglaublich. Nie hätte sie sich träumen lassen, dass sie so extrem auf Jack reagieren würde. Wenn sie ehrlich mit sich ist, weiss sie, dass da schon länger Gefühle vorhanden waren, aber sie sich diese nicht eingestehen wollte oder verdrängt hat. Wie gerne hätte sie ihn nun neben sich, um ihn zu spüren!

Galant hat er sich vor ihrer Wohnungstüre mit einem zärtlichen Kuss verabschiedet. Ihr Kopf war froh, dass er nichts überstürzen wollte. Doch ihr Herz sprach eine andere Sprache. Mit Wehmut löste sie sich von ihm, um darauf sofort wieder in seinen Armen zu landen. Sie wollte sich nicht von ihm trennen, wusste aber, dass es das Beste war. Zum letzten Mal küsste sie ihn mit Leidenschaft, löste sich dann sanft von ihm, winkte ihm zu und schloss die Wohnungstüre.

Momentan war sie wütend auf sich. Wieso hatte sie ihn nicht hineingebeten? Doch sie wusste: Sie waren beide dermassen aufgeheizt, dass dies wild geendet hätte. Und wenn schon, dachte sie zornig. Wieso muss ich immer die Vernünftige sein?

Sie dreht sich auf die Seite und versucht einzuschlafen. Es ist bereits drei Uhr früh. Sie hat ihren Wecker auf neun Uhr gestellt. Sie erlaubt sich. einmal später zur Arbeit zu gehen. Ihre Kollegin hat es ihr angeboten, da ihr Chef so wieso unterwegs ist. Wenn sie überhaupt einmal einschlafen kann, ansonsten geht sie dann doch zur üblichen Zeit ins Büro.

Jack und sie treffen sich morgen Abend wieder. Diesmal hat sie etwas geplant und will ganz bestimmt mit ihm zum Eismann gehen. Obwohl die Temperaturen eher kühl sind. Aber ein Eis schmeckt ja auch im Winter.

Jack hat sie gefragt, ob sie möglicherweise diese Woche einen Tag freinehmen könnte. Er möchte mit ihr einen Ausflug machen. Ob ihr Chef ihr freigeben wird? Sie hat es so satt. Immer diese Bettelei für einen freien Tag. Auch wenn ihr die Arbeit Spass bereitet. Diese ewige Fragerei geht ihr auf die Nerven. Sie kann nicht einfach nur freinehmen. Sie muss jedes Mal noch eine Erklärung abgeben, wieso. Dabei stehen ihr wie jedem anderen die üblichen Freitage zu.

Soeben hat sie einen Entschluss gefasst. Sie nimmt ihren Wecker und stellt ihn wieder zurück auf sieben Uhr. Das muss reichen. Ohne ihre Kinder geht alles schneller. Sie will morgen lieber zur normalen Zeit zur Arbeit gehen, damit sie ihr Pensum schaffen kann. Lieber fragt sie ihren Chef für einen freien Tag. Das ist ihr viel wichtiger. Einen ganzen Tag mit Jack alleine unterwegs. Sie stellt sich vor, wie sie zusammen Spass haben werden, und wenn sie an seine Küsse denkt, wird ihr wieder heiss. Sie kann es kaum erwarten.

Jack liegt nackt in seinem Hotelbett und denkt an den vergangenen Abend mit Jil. Er grinst übers ganze Gesicht. Jil scheint ihn auch zu mögen. Endlich ... Jack kann es noch gar nicht fassen. Nach so vielen Jahren. Er verschränkt die Arme hinter dem Kopf und träumt vor sich hin. Er ist sehr stolz auf sich, dass er sie nicht in die Wohnung begleitet hat. Er will nichts überstürzen, für ihn ist Jil etwas ganz Besonderes und bestimmt keine Frau für eine Nacht. Mein Gott, war die Frau scharf! Es hatte ihn viel Überwindung gekostet, sie nicht gleich am Strand zu lieben. Er freut sich schon auf morgen Abend. Diesmal will sie ihn ausführen. Wieder stellt er sich ihre weichen Lippen vor. Sie hat seinen ersten Kuss leidenschaftlich erwidert. Das hat ihn am meisten gefreut. Er überlegt sich noch, was er ihr morgen Originelles mitbringen könnte, und ist auch schon eingeschlafen.

Immer wieder berührt er sanft ihre Brustspitzen mit seinem weichen Mund. Er bewegt sich behutsam in ihr. Ein wollüstiger Schauer durchströmt sie. Sie drängt ihm ihre Hüften entgegen und stöhnt leise auf.

Jil schlägt die Augen auf. Sie hat wirklich laut gestöhnt, doch der Grund ist nicht Jack, sondern ihr Wecker, der in einem fort schrillt. Sie reibt sich die Augen. Scheinbar ist sie doch noch eingeschlafen. Ihre Wangen färben sich rot, wenn sie an ihren Traum denkt.

Schnell steht sie auf, bevor sie es sich anders überlegt, und huscht unter die Dusche. Zuerst muss sie sich abkühlen. Sie stellt den Strahl auf kalt ein und überwindet sich, darunter zu stehen. Langsam wird sie wach, schlüpft aus der Dusche und trocknet sich ab. Sie muss sich beeilen, wenn sie pünktlich sein will.

Jack streckt sich und gähnt laut. Er schaut auf die Uhr und sieht, dass er noch eine Menge Zeit hat. Es ist erst elf Uhr. Trotzdem ist er erstaunt, dass er so lange geschlafen hat. Noch sieben Stunden, bis er Jil wiedersehen kann. Er zieht sich an und bestellt sich ein Frühstück aufs Zimmer. Danach will er Christchurch erkunden. Er möchte Jil an ihrem freien Tag, wenn es denn klappen wird, etwas Besonderes bieten und schaut sich heute schon mal um. Jack ist glücklich, euphorisch und freut sich auf heute Abend. Nach dem Frühstück will er Joshua anrufen.

Leslie hebt erstaunt den Kopf, als Jil pünktlich um acht Uhr das Büro betritt. »Guten Morgen, was machst du denn schon hier?« Ob der Abend ein Misserfolg war? Aber, nein, wenn man das Strahlen auf Jils Gesicht sieht, bestimmt nicht.

»Guten Morgen, Leslie, habe es mir anders überlegt.« Sie erzählt Leslie von ihrem Vorhaben.

»Kein Problem, du weisst ja, ich brauche dringend Geld für ein neues Auto. Meinen Segen hast du. Ich komme gerne einen ganzen Tag.«

»Danke dir, das ist lieb von dir. Wenn es nur so einfach wäre. Zuerst muss ich Herrn Pfeiffer überzeugen. Ich habe eigentlich für dieses Jahr schon alle Ferien aufgebraucht, aber ich habe noch einige Überstunden und könnte den Tag kompensieren.«

Als hätte sie ihn gerufen, steht plötzlich Herr Pfeiffer in der Tür. Er wollte doch heute gar nicht so früh ins Büro kommen? Gut, dass sie den Wecker wieder vorgestellt hat.

»Guten Morgen, die Damen! Was möchten Sie kompensieren, Frau Thomson?«

Jil räuspert sich und erklärt ihrem Chef, dass sie diese Woche gerne einen Tag freinehmen würde.

»Aber Ihre Kinder sind doch in den Ferien, oder nicht? Da arbeiten Sie doch meistens länger, falls Sie wieder einmal spontan freihaben müssen?« Er lächelt sie süffisant an.

»Ja, ich weiss, doch diese Woche habe ich Besuch bekommen und würde gerne dieser Person unsere schöne Gegend zeigen.« Sie strahlt ihren Chef an.

»Was meinen Sie, Frau Sharp, wollen wir so nett sein?«

»Natürlich, Herr Pfeiffer, ich springe gerne für sie ein«, antwortet Leslie schnell.

»Kommt gar nicht infrage, Frau Thomson, wir haben diese Woche noch einiges zu erledigen. Und nun an die Arbeit, meine Damen, wir sind hier nicht beim Kaffeeklatsch.« Er dreht sich auf dem Absatz um und stolziert in sein Büro.

Jil und Leslie schauen sich an. »Mein Gott, dieser arrogante Schnösel. Das tut mir jetzt aber leid für dich.« Leslie schaut Jil traurig an. Jil ist betrübt, sie hätte Jack so gerne Christchurch gezeigt.

Sie ist so sehr in ihre Arbeit vertieft, dass sie gar nicht bemerkt, dass zwei uniformierte Herren das Büro betreten, und schreckt erst hoch, als plötzlich an die Tür geklopft wird. Leslie hat das Büro um zwölf Uhr verlassen und Jil hat sich entschlossen, über den Mittag durchzuarbeiten, damit sie am Abend pünktlich gehen kann.

Ein Blick auf die Uhr zeigt ihr, dass es bereits 16.30 Uhr ist. Erschrocken steht sie auf.

»Sind Sie Frau Thomson?« Der grössere der beiden Herren schaut sie fragend an und sieht, dass Jil ganz weiss im Gesicht geworden ist. Vorsichtig berührt er sie am Arm und hilft ihr, sich zu setzen.

»Ist etwas passiert?«

»Wir müssen Sie bitten, mit uns zu kommen. Alles Weitere werden wir Ihnen erklären.«

»Ist etwas mit meinen Kindern? Bitte reden Sie schon, Officer!«

Sie merkt, dass sie demnächst durchdrehen wird. Zu sehr erinnert sie dieser Moment an den schrecklichen Abend vor bald sieben Jahren, den sie nie vergessen wird und der sich in ihrem Gedächtnis eingebrannt hat.

»Nein, nein, keine Angst. Es ist nichts Persönliches.«

Gott sei Dank! Jil ringt nach Atem. Sie hat erst jetzt bemerkt, dass sie die ganze Zeit die Luft angehalten hat.

»Einen Moment bitte, ich muss Herrn Pfeiffer Bescheid geben.«

»Dies ist nicht nötig. Bitte kommen Sie mit uns mit.«

Sie versteht nur Bahnhof, greift nach ihrer Tasche, stellt den Computer ab und erhebt sich. Erst jetzt bemerkt sie, dass sich in der Zwischenzeit mehrere Personen im Büro eingefunden haben und die Bürotür von Herr Pfeiffer offen steht. Herr Pfeiffer ist nirgends zu sehen. Ein Mann mit weissen Handschuhen untersucht gerade seinen Schreibtisch. Jil wird von den beiden Herren nach draussen zu einem Polizeiwagen geführt. Der jüngere Officer öffnet ihr die Türe und bittet sie einzusteigen. Sie ist wie gelähmt, steigt aber dann nach nochmaliger Bitte des Officers ein.

Jack schaut zum wiederholten Male auf die Uhr. Er macht sich grosse Sorgen. Jil meldet sich nicht auf ihrem Handy. Bei ihr zu Hause geht niemand an die Türe. Sie waren um 18 Uhr verabredet. In der Zwischenzeit ist es schon bald 19 Uhr. Er muss sich irgendwie beschäftigen und ruft seinen Sohn an. Joshua scheint glücklich zu sein, merkt aber, dass sein Vater angespannt tönt. Jack erklärt ihm, dass Jil nicht wie verabredet erschienen ist und er sich Sorgen macht.

»Ich rufe dich später wieder an, wenn ich hoffentlich weiss, wo sie ist.«

Joshua erzählt ihm von seinen Erlebnissen. Er erzählt und erzählt. Jack hört ihm gerne zu und freut sich für seinen Sohn.

»Ich muss jetzt auflegen, Dad, wir müssen das Abendessen zubereiten. Ich darf beim Kochen helfen.« Jack wünscht seinem Sohn noch viel Spass. »Ich hab dich lieb, Dad, ruf mich an, wenn du mehr weisst.«

»Ich dich auch, pass auf dich auf. Ich melde mich.«

Er drückt die »Aus«-Taste. Wenn er wüsste, wo sie arbeitet, könnte er da anrufen. Er schreitet in seinem Hotelzimmer auf und ab. Ob sie doch nichts von ihm wissen will? Plötzlich klingelt sein Handy. Ein Blick auf sein Display zeigt ihm die Nummer von Jessy. Einmal muss er ja wieder mit ihr reden, und vielleicht kennt sie die Nummer von Jils Büro. Schnell meldet er sich.

»Aha, mein verschollener Bruder nimmt doch tatsächlich das Telefon ab. Hallo, Bruderherz, wo steckst du denn die ganze Zeit? Seit Tagen versuche ich dich zu erreichen. Du reagierst nicht auf meine Anrufe, hörst nicht einmal deinen Telefonbeantworter ab und lässt mich links liegen. Das bin ich mir von dir nicht gewohnt. Was verheimlichst du mir? Bist du immer noch unterwegs?«

Jack hat jetzt keine Nerven für dieses Geplänkel. Kurz und bündig erklärt er seiner Schwester, wo er steckt.

»Hast du zufälligerweise die Nummer oder die Adresse ihres Arbeitgebers? Ich muss unbedingt dort anrufen.«

Jessy ist beunruhigt und gibt ihm die Geschäftsnummer von Jil. »Bitte rufe mich so rasch wie möglich an, wenn du etwas herausgefunden hast. Versprich es mir!«

Jack schreibt sich die Nummer auf, verspricht seiner Schwester, sie zu informieren, und drückt die »Aus«-Taste, um danach sofort die Nummer von Jils Büro zu wählen.

Nach mehrmaligem Läuten gibt er es auf und versucht über die Auskunft, die Adresse zu erfahren. Er setzt sich in seinen Mietwagen und rast zu Jils Büro.

Amelia schaut vorsichtig auf die Strasse hinunter. Jetzt ist das Auto wieder verschwunden. Ihr ist unheimlich zumute. Sie wählt die Nummer ihrer Freundin. Geh schon ran. Abermals schiebt sie den Vorhang vorsichtig auf die Seite und späht auf die Strasse. Nichts zu sehen.

»Hallo?«

»Bist du es, Matthew? Hallo, hier spricht Amelia. Ist Mia zu sprechen?«

Matthew verdreht die Augen. Schon wieder diese Nervensäge! Was ist denn in letzter Zeit los? Ständig ruft sie an und erzählt wirre Geschichten von einem Spanner. Was wird heute wieder los sein?

»Hallo, Amelia, Mia ist gerade nicht zu sprechen. Kann ich ihr etwas ausrichten?«

»Oh, schade. Nein, nein, ich rufe später nochmals an.«

Und weg ist sie. Sie redet nicht gerne mit ihm, da er sie manchmal auslacht, wenn sie wieder mit ihren Schauergeschichten beginnt.

Seine Frau kommt soeben aus dem Bad mit einem roten Bademantel, das Haar in ein gelbes Frotteetuch gewickelt und hoch aufgetürmt. Er schaut ihr liebevoll entgegen. Schon über 50 Jahre sind sie nun ein Paar. Er kann sich gar nicht mehr vorstellen ohne sie zu leben. Letztes Jahr, als sie mit einer schweren Lungenentzündung im Spital gelegen hat, wurde ihm bewusst, wie rasch es vorbei sein kann. Seither geniesst er jeden Augenblick mit ihr umso mehr. In zwei Jahren wird sie 70 Jahre, was man ihr nie geben würde. Es ist jedes Mal eine Freude, sie zu betrachten.

Geschmeidig kommt sie auf ihn zu, stellt sich auf die Zehenspitzen und küsst ihn auf den Mund. Er packt sie um die Taille und zieht sie an sich heran. Zärtlich löst er ihren Turban. Das nasse Haar fällt ihr auf die Schulter. Behutsam fährt er ihr durch die Haare.

»Du bist wunderschön«, haucht er ihr ins Ohr.«

Sie lächelt. »Du Schmeichler! Wer hat denn soeben angerufen?«

»Dreimal darfst du raten«, gibt er ihr schelmisch zur Antwort.

Mia verdreht ihre Augen. »Dann kann es nur Amelia gewesen sein. Was hat sie denn erzählt? Geht es wieder um den komischen Typen?«

»Du weisst doch, mit mir redet sie nicht so gerne, da ich sie nicht für voll nehme. Sie wird später nochmals anrufen. Sie war wieder sehr aufgeregt und hat sich nicht einmal verabschiedet. Komm, lass uns gemütlich zu Abend essen. Ich habe bereits alles vorbereitet.« Stolz strahlt er sie an.

»Weisst du was, dann rufe ich sie lieber kurz zurück, höre mir ihre Story an und ziehe was Bequemes an. So haben wir danach unsere Ruhe. Sonst ruft sie bestimmt genau in dem Augenblick zurück, wenn wir mit dem Essen beginnen.«

Sie packt das Funktelefon, wählt die Nummer von Amelia, macht rechtsum kehrt und läuft Richtung Schlafzimmer davon. Matthew schaut ihr zärtlich hinterher, setzt sich ins Sofa und vertieft sich in seine Zeitung.

»Oh, hallo, Mia – schön, dass du mich anrufst. Du glaubst nicht, was hier los ist. Vor etwa einer Stunde sah ich per Zufall aus dem Fenster und da stand doch plötzlich wieder diese blaue Limousine draussen. Dieser hübsche Mann von gestern stieg aus und kam auf unser Haus zu. Schnell verschwand ich hinter dem Vorhang und wartete, bis es bei mir läutete. Ich hörte nichts, doch meine Klingel spinnt manchmal. Magst du dich noch erinnern, als du mich mit Matthew abholen wolltest und ich euch nicht geöffnet habe? Da hattet ihr doch Angst, mir sei etwas passiert und habt bei ...«

Sie redet und redet und schweift wieder total vom Thema ab. Na, egal, denkt sich Mia, stellt ihr Funktelefon auf Lautsprecher, legt es auf die Kommode und sucht sich ihren bequemen blauen Hausdress heraus.

»Hörst du mir überhaupt zu?«, ertönt die vorwurfsvolle Stimme von Amelia.

»Klar, bin bei dir. Ich erinnere mich genau daran, als uns deine Nachbarin die Türe geöffnet hat. Aber du hast mir doch erzählt, dass die Klingel repariert wurde?«, brüllt Mia vom Kleiderschrank Richtung Kommode.

»Ja, schon, doch irgendwie scheint sie einen Wackelkontakt zu haben. Ich habe den Hausmeister gebeten, den Elektriker erneut aufzubieten. Aber du weisst ja, wie die Handwerker sind. Also, wo war ich soeben stehen geblieben? Ach ja, ich wartete also auf die Klingel, und als ich nichts hörte, bin ich zur Tür gerannt, so schnell es meine Beine erlauben. Wie du dich sicher erinnerst, habe ich doch ständig Probleme mit dem rechten Knie. Der Meniskus will nicht mehr so richtig, ich ...«

Mia bürstet ihr langes Haar. Jetzt muss ich etwas unternehmen, sonst bin ich noch in einer Stunde am Zuhören. Wenn sie jetzt mit ihrer Kniegeschichte anfängt, wird sie überhaupt nicht mehr fertig. Hastig greift sie nach dem Telefon.

»Ja, und ist dieser Spanner nun bei dir aufgetaucht?«

»Wie? Was für ein Spanner? Ach so, ja, warte doch, nur nicht so eilig. Hast du noch ein Rendezvous in deinen alten Tagen?«

Amelia gackert ins Telefon. Als sie sich endlich wieder beruhigt hat, ist Mia bereits angezogen und wäre so weit parat für einen gemütlichen Abend mit ihrem lieben Mann.

»Ich hörte also kein Läuten, bin dann zur Tür geschlichen und habe durch das Guckloch geschaut. Nichts zu sehen. Als ich dann zurück zum Fenster gelaufen bin, sah ich gerade, wie er einstieg und wegfuhr. Es nimmt mich wirklich wunder, was der von mir will. Also wirklich, was meinst du, soll ich zur Polizei gehen?«

Mia unterbricht Amelia: »Hast du dir schon einmal überlegt, dass dieser Typ vielleicht jemand anders im Haus besuchen geht?«

Stille. Mia kann sich vorstellen, wie es nun in Amelias Kopf rattert.

»Meinst du? Also, ich weiss nicht. Wieso hat er mir dann zugewunken und mir eine Kusshand geschickt? Bist du eifersüchtig auf mich? Du hast doch Matthew, magst mir jetzt dies gar nicht gönnen, oder was? So schlecht sehe ich nun auch nicht aus. Es könnte doch sein, dass er mich nett findet. Es gibt auch junge Männer, die gerne eine reife Frau an ihrer Seite haben.«

Mia muss aufpassen, dass sie nicht laut losprustet. Amelia ist 72 Jahre alt.

»Na ja, vielleicht ist er schon ein wenig zu jung für mich, aber vielleicht hat er seine Mutter früh verloren? Ich habe da letztlich erst im Fernsehen eine Studie gehört, dass ...«

»Amelia, hör mal, ich muss gehen. Wir sind noch verabredet. Ich freue mich natürlich für dich, keine Frage, aber denk doch einmal darüber nach. Es kann doch auch sein, dass er dir aus Freundlichkeit zugewunken hat, weil er vielleicht sehr glücklich war im Moment. Vielleicht hat er jemanden gesucht und nun gefunden und ihn besucht oder abgeholt. Ich würde mir nicht zu viele Gedanken machen.«

»Du hast gut reden, du hast Matthew, der dich immer beschützt. Ich bin ganz alleine hier. Ich werde auf alle Fälle auf der Hut sein, aber ich will dich natürlich nicht aufhalten. Wenn du gehen musst und für mich keine Zeit mehr hast …«

Amelia ist beleidigt, aber das ist Mia jetzt wirklich egal. Manchmal musste sie sie bremsen.

»Mach's gut, Amelia, bleib gesund!«

Mia drückt die »Aus«-Taste. Sie hat überhaupt kein schlechtes Gewissen. Wie oft war sie schon für Amelia da gewesen. Jetzt will sie den Abend mit ihrem Mann geniessen.

Amelia schaut geschockt auf ihr Telefon. Jetzt hat Mia einfach aufgelegt. Also so was! Eine Unverschämtheit! Ob sie nochmals anrufen soll? Aber nein, die muss gar nicht meinen, dass ich auf sie angewiesen bin. Ich kann mich auch alleine beschäftigen, jawohl, schimpft sie vor sich hin. Energisch schreitet sie in die Küche und bereitet ihr Abendessen vor.

18

Jack steht vor dem Bürokomplex in welchem Jil arbeitet. Alles ist dunkel, kein Fenster ist beleuchtet. Die Türe ist geschlossen. Hier komme ich nicht weiter, denkt er. Frustriert kehrt er um und geht zum Mietwagen zurück. Sein Handy klingelt, rasch greift er danach und sieht den ersehnten Namen aufleuchten.

»Hallo, Jil, wo bist du? Ist etwas passiert?«

Jil freut sich, seine Stimme zu hören. »Mir geht es gut. Könntest du mich auf der Polizei abholen? Ich erkläre dir dann alles.«

»Meine Güte, ist etwas mit deinen Kindern passiert? Wo ist das Polizeirevier? Ich hole dich sofort ab!«

Jil erklärt ihm den Weg.

»In zehn Minuten bin ich bei dir. Ich stehe nämlich vor deinem Büro und bin somit ganz in der Nähe. Ich beeile mich.«

Jack gibt die Adresse im Navigationssystem ein und rast los. Er ist froh, dass es Jil gut zu gehen scheint. Was ist wohl nur geschehen?

Mit quietschenden Reifen hält er vor dem Polizeirevier und lässt den Wagen einfach stehen. Er rennt die Treppe hoch und sieht Jil schon von Weitem. Sie kommt ihm entgegen. Er nimmt sie fest in den Arm und streicht ihr sanft übers Haar.

»Komm, lass uns gehen.« Sie nimmt seine Hand und zieht ihn mit sich fort. »Fährst du mich bitte nach Hause?«

Er nickt ihr zu, startet das Auto, nimmt ihre Hand in seine und fährt los. Zu Hause angekommen, bringt er sie zur Tür. Sie nimmt wortlos seine Hand und steigt mit ihm die Treppe hinauf. Die ganze Fahrt haben sie kein Wort gesprochen, obwohl er fast platzt vor Neugier. Sie setzt sich aufs Sofa und schüttelt ungläubig den Kopf.

»Soll ich dir ein Glas Wasser holen?«

Sie schreckt aus Ihren Gedanken hoch und sieht Jack an der Tür lehnen. »Oh, entschuldige, ich bin ziemlich durcheinander.« Sie erhebt sich hastig. »Möchtest du etwas zu trinken?«

Sie versucht an ihm vorbeizukommen. Er packt sie um die Taille und nimmt sie wortlos in den Arm. Sie schmiegt sich an ihn und fühlt sich geborgen. Er zieht sie zum Sofa, drückt sie auf das Polster, geht zur Tür hinaus, schaut sich um und findet sofort die Tür zur Küche. Er öffnet einige Schränke, bis er ein Glas gefunden hat, füllt es mit Wasser und kehrt ins Wohnzimmer zurück. Er reicht ihr das Glas, welches sie mit einem Lächeln dankend entgegennimmt. Sie leert es in einem Zug und zieht Jack zu sich aufs Sofa.

»Jetzt wird mir einiges klar. Die oft schlechte Laune meines Chefs. Die Unruhe und Hektik.«

»Möchtest du mir mehr darüber erzählen?«, fragt Jack sanft.

Jil schaut ihn zärtlich an. »Ich wollte doch heute mit dir einen gemütlichen Abend verbringen.«

»Egal, wir haben alle Zeit der Welt. Wenn du möchtest, kannst du mir gerne erzählen, was passiert ist.«

Er nimmt ihr sanft das Glas aus der Hand, welches sie fest umklammert hält, und stellt es auf den Salontisch. Zaghaft beginnt Jil, Jack zu erzählen, was ihr Chef, Herr Pfeiffer, für ein Mensch ist, wie sie oft nicht schlau aus ihm wurde, seine ständig schlechten Launen und die manchmal übertriebene Fröhlichkeit.

»Ich konnte …«

Plötzlich schrillt ihr Telefon. Sie zuckt zusammen, steht auf, greift danach und nimmt den Anruf entgegen.

»Oh, hi, Jessy.« Sie lächelt Jack zu. »Ja, er sitzt hier bei mir. Nein, es ist alles in Ordnung. Es geht um meinen Arbeitgeber. Ja, ich bin wohlauf. Nein, ich bin gerade dabei, Jack alles zu erzählen. Ja, warte, ich gebe ihn dir.«

Sie reicht Jack das Telefon. Der verdreht die Augen, greift nach dem Telefon und lächelt ihr zu.

»Jessy, alles in Ordnung. Wir werden dir später alles erzählen. Lass Jil zuerst zur Ruhe kommen. Nein, wir melden uns morgen wieder. Nein, Mom muss nicht informiert werden. Bis dann. Mach's gut. Tschüss. Jil lässt dir auch Tschüss sagen.«

Er drückt die »Aus«-Taste und reicht Jil das Telefon zurück.

»Du bist der Einzige, welcher deine Schwester so schnell aus der Leitung bringt.«

Jack lacht sie an. »Ja, sie nimmt mir dies auch nicht übel. Wir wissen, wie wir miteinander umgehen können. Komm, setz dich zu mir. Was wolltest du mir soeben erzählen?«

Jil setzt sich zu Jack. »Ich konnte nie verstehen, wieso mein Chef so oft schlechte Laune hatte. Meine Arbeitskollegin Leslie … Oje, Leslie, die weiss wohl noch gar nicht Bescheid.«

Erneut klingelt das Telefon. Jil schreckt hoch und fährt sich über die Augen.

»Hallo?«

»Hi, Jil, endlich kann ich dich erreichen. Warst du auch auf dem Polizeirevier? Ich wurde heute Nachmittag zu Hause abgeholt wie eine Schwerverbrecherin. Die Nachbarn haben schön blöd aus der Wäsche geguckt.«

»Hi, Leslie, ja, bin soeben erst nach Hause gekommen. Schlimme Sache, hätte ich nie gedacht. Bin noch ganz durcheinander. Ja, er ist hier. Nein, war gerade dabei. Ja, sie haben mich gelöchert. Ja, sie wollen natürlich wissen, ob wir etwas damit zu tun haben. Ja, okay, wir sehen uns morgen im Büro. Mmh, bis dann. Mach's gut.«

Jil setzt sich wiederholt zu Jack aufs Sofa und beginnt zum dritten Mal.

»Leslie musste auch aufs Revier. Sie arbeitet halbtags und ist um zwölf Uhr gegangen. Sie wurde zu Hause von der Polizei abgeholt und wurde genau wie ich auf dem Revier über alles ausgefragt. Unser Chef handelt mit einem kleinen, exklusiven Weinversand. Leslie und ich erledigen die anfallenden Büroarbeiten, wie Rechnungen schreiben, Bestellungen entgegennehmen, Anfragen usw. Manchmal trafen sich in unserem Büro diverse kleine Produzenten zu einem Meeting, wo auch die Weinberge auf dem Projektor gezeigt wurden oder auch manchmal eine Flasche Wein probiert wurde. Oft reiste er direkt zu den Lieferanten, um sich vor Ort ein Bild zu machen. Er handelt nur mit sehr raren, teuren Weinen. Dass aber das Ganze nur ein Deckmantel für die wirklichen Geschäfte war, haben Leslie und ich nie bemerkt. Offenbar wurden mit der Lieferung der Weine auch Drogen geschmuggelt. Ich wurde richtig gelöchert, ob ich etwas damit zu tun habe. Stell dir mal vor!«

Jil vergräbt ihr Gesicht in ihren Händen. Jack legt tröstend den Arm um ihre Schultern.

»Ich kann es nicht fassen. Ich habe bei einem Dealer gearbeitet. Wie schrecklich!«

Eine Träne kullert ihr über die Wange. Jack wischt sie sanft weg und nimmt sie in den Arm. Sie schmiegt sich an ihn.

»Ich musste mir immer und immer wieder dieselben Fragen anhören, wurde gelöchert und gelöchert. Ob mir nichts aufgefallen sei. Ob der Chef nicht oft nervös war. Was für Menschen bei uns im Büro ein- und ausgegangen sind usw. usw. Morgen müssen wir im Büro antraben und nochmals Rede und Antwort stehen. Unser Chef sitzt in U-Haft. Meine Güte, Jack, wo bin ich hier nur reingeschlittert! Wie erkläre ich das meinen Kindern? Irgend so ein verdeckter Cop hat bei ihm Drogen bestellt, und so ist er aufgeflogen. Mist, Mist, Mist. Wenn ich hier nur wieder heil rauskomme!«

»Mach dir keine Sorgen. Ich bin bei dir und werde dir helfen. Falls es zum Äussersten kommt, habe ich einen sehr guten Anwalt.«

Dankbar schaut sie Jack an. »Ich bin so froh, dass du bei mir bist. Doch ich will dich auf keinen Fall in diese Sache mit reinziehen.«

»Ach was, du wirst sehen, morgen wird sich alles klären. Sie können dir nichts anhaben. Dieser Scheisskerl!« Jack springt hoch und schaut wütend zum Fenster hinaus. »Ich bin so froh, dass sie wieder einen dieser Dreckskerle erwischt haben. Komm, lassen wir uns nicht länger verrückt machen. Es bringt sowieso nichts.« Jack zieht Jil vom Sofa hoch und nimmt sie in den Arm. »Willst du dich frisch machen und ich koche uns in der Zwischenzeit einen Teller Pasta? Wenn du mir erlaubst, in deiner Küche zu hantieren.«

Jack lächelt Jil an. Meine Güte, wo war dieser Mann all die Jahre? Jil ist so froh, dass sie in diesem Moment nicht alleine ist.

»Wenn es dir recht ist. Ich wäre dir dankbar.« Scheu lächelt sie zurück.

»Na, klar, kein Problem.«

Er schiebt Jil aus dem Wohnzimmer und geht in die kleine Küche. Zuerst ruft er seinen Sohn an, um ihn zu informieren, dass alles mit Jil in Ordnung ist. Sie wünschen sich Gute Nacht und beenden das Gespräch.

Jil steht unter der Dusche und lässt den kalten Wasserstrahl über ihren Körper rieseln. Sie ist fix und fertig. Nie wäre sie auf die Idee gekommen, dass ihr Arbeitgeber ein Drogendealer ist. Doch wenn sie sich manche Momente in Erinnerung ruft, kommt ihr einiges suspekt vor. Vor allem ist ihr nun klar, wieso er manchmal dermassen nervös war. Sie aus dem Zimmer scheuchte, wenn ein bestimmter Anrufer in der Leitung war.

Sie steigt nach einer Ewigkeit aus der Dusche, hüllt sich in ein weiches Badetuch und öffnet die Tür. Ein herrlicher Duft steigt ihr in die Nase. Sie kann es nicht fassen. Wie lange ist es her, seit ein Mann für sie gekocht hat? Eilig verschwindet sie im Schlafzimmer, um sich anzuziehen.

Jil steht an der Küchentüre und beobachtet Jack. Er sieht zum Anbeissen aus in seinen engen schwarzen Jeans, einem weissen Hemd, die Ärmel zurückgekrempelt. Um die Hüften hat er ihre rote Küchenschürze geschlungen, steht vor dem Herd und rührt in einem großen Kochtopf.

Jack ist so weit parat. Die Spaghetti sieden im Wasser, die Tomatensauce brutzelt vor sich hin, der Tisch ist gedeckt. Sogar Weingläser hat er gefunden. Nur weiss er nicht, ob Jil irgendwo eine Flasche Wein vorrätig hat. Er fischt sich soeben Spaghetti aus dem Wasser, um deren Garpunkt zu testen, als er sich plötzlich umdreht und Jil in einem wunderschönen violetten Kleid, mit offenen, glänzenden schwarzen Haaren in der Tür stehen sieht. Er geht ihr entgegen und küsst sie sanft auf die Nasenspitze.

»Geht es dir ein wenig besser? Du siehst traumhaft aus!«

Jil lächelt ihn an. »Ja, danke, die Dusche hat mir gutgetan. Bist du klargekommen? Es riecht wunderbar.«

»Ja, ausser dem Wein habe ich alles gefunden. Hast du womöglich eine Flasche vorrätig? Es ist so weit alles parat.«

»Der Wein ist im Keller. Ich hole eine Flasche.«

Sie dreht sich um und eilt aus der Wohnung. Jack schüttet die Spaghetti in ein Sieb und richtet alles an.

Jil wartet auf den Aufzug. Sie hat eine schöne Flasche Merlot unter dem Arm. Plötzlich öffnet sich die Türe und Frau Clark steht im Aufzug. Ausgerechnet, denkt Jil. Nun weiss bald die ganze Nachbarschaft, dass ich Besuch habe. Hastig versteckt sie die Flasche hinter dem Rücken. Aber zu spät.

»Oh, guten Abend, Frau Thomson, wie geht es Ihnen? Haben Sie Besuch?«

Jil grüsst ihre Nachbarin freundlich und überhört die Frage.

»Ich wollte gerade in den Keller, um mir ein Glas selbst gemachte Erdbeer-Kiwi-Konfitüre zu holen. Wissen Sie, ich liebe diese Konfitüre. Ich mache sie seit Jahren selber. Als mein Mann noch lebte, brauchten wir einige Gläser mehr. Er liebte meine selber gemachte Konfitüre. Es ist aber auch die beste. Wissen Sie …«

Oh nein, denkt Jil, jetzt hat sich die Aufzugtüre wieder geschlossen. Die alte Tante labert mir nun zum x-ten Mal das Gleiche vor und Jack wartet mit den köstlichen Spaghetti auf mich. Wie komme ich nun hier am schnellsten weg, ohne dass ich ihr zu viel verraten muss?

Soeben kommt ihr eine geniale Idee. Sie unterbricht ihr Gerede und schmeichelt: »Ja, Frau Clark, Ihre Marmelade ist die beste. Leider ist mein Glas bereits leer.«

»Oh, Sie können gerne ein neues haben, ich habe genug. Ich hole schnell zwei, wollen Sie hier warten?«

»Das ist aber sehr nett, ich freue mich darauf, muss aber leider jetzt gehen. Ich hole mir das Glas gerne morgen Abend bei Ihnen ab, dann können wir noch ein wenig plaudern.«

Hoffentlich hat sie es bis morgen vergessen. Sie ist ja ziemlich vergesslich. Wenigstens ist sie sie jetzt los. Frau Clark liebt es zu tratschen. Sie winkt ihr nochmals zu und eilt die Treppe hoch.

Lieber laufe ich, anstatt dass ich hier erneut auf den Aufzug warte und die Plaudertasche wieder von vorne beginnt. Sie nimmt jeweils zwei Tritte auf einmal und kommt völlig ausser Atem vor der Wohnungstür an. Sie eilt hinein und da steht er, lächelt ihr entgegen. Der Tisch ist schön gedeckt mit gelben Servietten, die weissen Kerzen brennen und der wunderschöne Blumenstrauss, den sie gestern erhalten hat, steht mitten auf dem Tisch.

»Bist du zu Fuss gekommen, dass du so ausser Atem bist, oder ist es wegen mir?«

Verschmitzt grinst Jack sie an. Jil läuft rot an und räuspert sich.

»Och, das ist eine lange Geschichte, lass uns essen. Ich bin am Verhungern.«

Erst jetzt merkt sie, dass sie seit dem frühen Morgen nichts mehr gegessen hat.

Sie sitzen am Tisch, unterhalten sich, essen die vorzüglichen Spaghetti und trinken den köstlichen Wein. Jack freut sich über die roten Wangen von Jil. Sie war vorhin sehr bleich gewesen. Sicherlich hat auch der Wein mitgeholfen. Er kann sich nicht satt sehen und hätte sie am liebsten geküsst.

»Ich wollte dich heute Abend zu unserem Lieblingsitaliener ausführen. Nun hast du mich schon wieder verwöhnt. Darf ich dich wenigstens zu einem Eis einladen? Wir haben hier in der Nähe eine wunderbare Eisdiele. Im Sommer verkauft der Eismann sein Eis auf der Strasse. Da genehmige ich mir manchmal nach der Arbeit eines.«

Jil erschrickt, als sie an die Arbeit denkt. Wie geht es jetzt weiter? Sie hat ja jetzt keine Arbeit mehr. Jack sieht sofort, dass sich ihr Blick wieder getrübt hat. Er weiss, wie sie sich fühlen muss. Am liebsten hätte er sie sofort mit nach Hause genommen und hier alle Zelte abgebrochen. Doch er wollte nichts überstürzen. Er könnte ihr vielleicht einen Vorschlag machen. Mal sehen.

»Gerne, ich liebe Eis. Wollen wir sofort aufbrechen?« Zärtlich schaut er sie an.

19

»Ron, wo steckst du?«

Ramona ist auf der Suche nach ihrem Bruder. Sicherlich steckt er wieder mit Grandpa im Schuppen. Was die beiden wohl immer zu tun haben? Sie rennt über den Hof und hört schon von Weitem die Motorsäge. Sie reisst die Tür auf und sieht ihrem Bruder beim Sägen zu.

»Darf ich auch einmal versuchen?«

»Lass, das ist Männersache«, erwidert ihr Bruder.

Grandpa lächelt ihr zu. »Du kannst nachher dieses Teil hier abschneiden.«

Ramona strahlt und streckt ihrem Bruder die Zunge heraus.

Vor dem Zubettgehen kommt Grandma ins Zimmer und fragt: »Wollen wir nachher eure Mom anrufen? Sie freut sich sicher, von uns zu hören.«

»Au ja!«, johlen beide im Chor und hüpfen auf dem Bett herum.

Jil und Jack kommen vom Eismann zurück. Sie verlassen soeben den Aufzug, als Jil das Telefon läuten hört. Eilig öffnet sie die Türe und rennt zum Telefon.

»Hallo?«

»Mom, Mom, hallo, hier ist Ramona, wie geht es dir?«

Ron reisst ihr das Telefon aus der Hand und schreit: »Hi, Mom, geht's dir gut?«

Sie zanken sich um das Telefon. Jil lächelt. Ihre zwei Rabauken, immer dasselbe.

»Stellt den Lautsprecher ein, so könnt ihr mich beide hören.«

Ron packt erneut nach dem Telefon klickt auf die Fernsprechtaste und schreit: »Hallo, hörst du uns?«

Jil kann sich ein Lachen nicht verkneifen. »Ja, laut und deutlich!«

Jack beobachtet die Szene mit einem Grinsen auf dem Gesicht. Am Schluss kommt noch Grandma ans Telefon. Bei den Kindern konnte sich Jil gut verstellen. Grandma hört sofort, dass etwas nicht stimmt. Sie schickt die Zwillinge zum Zähneputzen und fragt Jil vorsichtig: »Ist etwas passiert? Geht's dir wirklich gut?«

Jil verspricht, Emily morgen nochmals anzurufen, verabschiedet sich und drückt auf die »Aus«-Taste.

Jack steht in der Tür. »Ich denke, für mich wird es Zeit zu gehen.«

Jil ist sich sicher, dass sie heute Abend auf keinen Fall alleine sein will.

»Würde es dir etwas ausmachen, heute bei mir zu bleiben? Du kannst in meinem Bett schlafen und ich gehe dann ins Kinderzimmer?« Scheu lächelt sie ihm zu.

Er nimmt sie in den Arm und schaut sie zärtlich an. »Wir können auch zusammen im Kajütenbett schlafen. Du oben und ich unten.« Er grinst sie schelmisch an.

Jack liegt neben Jil im Bett und hält sie in den Armen. Er hatte ihr vorgeschlagen, sich kurz zu ihr zu legen. Jil war dermassen müde, dass sie schon innert wenigen Minuten in seine Arme gekuschelt eingeschlafen ist. Er schmiegt sich vorsichtig an sie und fühlt sich unglaublich geborgen. Von ihm aus kann sie noch lange schlafen. Er wird auf alle Fälle kein Auge zutun und den Moment geniessen.

Jack wacht auf, weil sein linker Arm schmerzt. Zuerst weiss er gar nicht, wo er sich befindet. Er schaut nach links und sieht Jil in seinen Armen liegen. Jetzt fällt es ihm wieder ein. Er ist also doch noch eingeschlafen. Vorsichtig zieht er seinen Arm hervor und schielt Richtung Wecker. Es ist erst fünf Uhr früh. Eigentlich möchte er Jil nicht alleine lassen, doch er würde sich gerne umziehen und duschen. Sein Hemd ist total zerknittert.

Langsam steigt er aus den Federn. Auf Zehenspitzen schleicht er aus dem Schlafzimmer, verlässt die Wohnung und zieht seine Schuhe im Korridor an. Leise steigt er die Treppe hinunter und schreitet aus dem Haus.

Amelia kann wieder einmal nicht schlafen. Zum wiederholten Male schaut sie auf die Uhr. Erst fünf Uhr. Ächzend steigt sie aus dem Bett. Ihre Lockenwickler haben sich zum Teil gelöst und hängen ihr um die Ohren. Ihr rosa Baumwollnachthemd mit weissen Spitzen ist ganz zerknautscht. Sie schlüpft in ihre pinkfarbenen Pantoffeln und schlurft in die Küche. Sie füllt sich ein Glas mit Wasser und schaut aus dem Fenster.

Wer ist denn das? Soeben kommt ein Mann aus dem Haus. Sie drückt ihre Nase an die Scheibe, um besser sehen zu können. Das gibt es doch nicht! Jetzt schreitet doch tatsächlich dieser Mann aus dem Haus. Sie würde ihn jederzeit wiedererkennen. Er läuft Richtung Strasse, und ha, sie wusste es, da steht sein türkisblauer Wagen. Er steigt ein und braust davon. Wieso hat er es denn so eilig, was hatte er überhaupt in unserem Haus zu suchen? Sie greift nach dem Telefon und ruft Mia an.

Matthew schreckt hoch. Was war denn das? Das Telefon läutet. Er wettert vor sich hin, erhebt sich und schlurft ins Wohnzimmer.

»Hallo?«

»Hallo, Matthew, hier spricht Amelia. Du wirst es nicht glauben, ich habe es ja schon immer gesagt. Dieser Typ, Mia hat dich sicher informiert, dieser Typ, der mir einen Handkuss geschickt hat und immer hier ums Haus schleicht. Dieser Typ ist soeben aus unserem Haus gekommen und wie der Blitz weggefahren. Wieso fährt der so schnell weg? Was hat er hier gewollt? Also, bei mir hat er nicht geklingelt. Zu mir wollte er nicht. Also wirklich, was wollte er wohl in unserem Haus? Ist Mia da?«

Matthew platzt der Kragen, er kann sich nicht mehr beherrschen. »Bist du eigentlich von allen guten Geistern verlassen? Uns mitten in der Nacht anzurufen für so einen Humbug? Jetzt reicht es aber wirklich. Meine Güte noch mal!«

Plötzlich steht Mia neben ihm und schaut ihn ganz entgeistert an. Sie ist noch völlig beduselt und hat noch gar nicht begriffen, was hier vorgeht. »Ist etwas passiert? Was kreischst du denn so ins Telefon?«

Amelia ist pikiert. »Ja, hör mal. Es kann doch ein Einbrecher sein, oder ein Sittenstrolch, ich bin hier ganz alleine. Man weiss ja nie. Du kannst ...«

Matthew ist dermassen verärgert, dass er sie unterbricht und wütend erwidert: »Dann ruf das nächste Mal die Polizei an. Gute Nacht!« Er knallt das Funktelefon auf die Station, packt seine Frau um die Taille und marschiert Richtung Schlafzimmer davon. »Es ist nichts, Liebes. Komm, wir legen uns schlafen.«

Amelia starrt entsetzt auf die Sprechmuschel. Das gibt es doch nicht – jetzt hat dieser ungehobelte Kerl einfach aufgelegt. Na so was. Sie schüttelt energisch den Kopf, sodass einige Lockenwickler durch die Luft fliegen. Verflixt noch mal! Mühsam bückt sie sich, um die verdammten Dinger aufzuheben, und wurstelt sie wieder in ihr Haar.

Jack hat es eilig. Er will zurück sein, bevor Jil erwacht. Er hätte ihr eine Notiz hinterlegen sollen. Was ist, wenn sie aufwacht, er nicht mehr da ist und sie merkt, dass sie in ihrer eigenen Wohnung eingeschlossen ist? Er hat nämlich den Haustürschlüssel im Schloss gesehen, rausgezogen und von aussen zugesperrt. Gott sei Dank hat es kaum Verkehr um diese Zeit. Er rast in sein Hotel, duscht und zieht sich um und ist eine Viertelstunde später schon wieder auf dem Rückweg zu Jil. Unterwegs hält er bei einer Tankstelle und holt frische Brötchen.

Derselbe Parkplatz ist noch frei. Er parkiert sein Fahrzeug, eilt über die Strasse und saust die Treppe hoch. Leise öffnet er die Wohnungstüre und horcht – nichts zu hören. Er schleicht auf Zehenspitzen Richtung Schlafzimmer und öffnet vorsichtig die Türe. Jil liegt noch genauso da, wie er sie vor ca. einer Dreiviertelstunde verlassen hat. Er zieht die Türe ins Schloss, geht in die Küche und bereitet das Frühstück vor. Spätestens um halb acht muss sie so wieso im Geschäft sein, da die Polizei sie und ihre Arbeitskollegin nochmals befragen will.

Jil öffnet die Augen und weiss im ersten Moment gar nicht, was denn heute für ein Tag ist. Sie schnuppert und riecht

Kaffeeduft. Plötzlich kommen die Erinnerungen zurück und sie greift automatisch neben sich. Kaltes Laken. Ob Jack im Kinderzimmer oder auf der Couch geschlafen hat? Sie erinnert sich, dass sie in den Armen von Jack eingeschlafen ist. Es war ein wunderschönes Gefühl, welches sie schon lange nicht mehr erleben durfte.

Langsam setzt sie sich auf und huscht barfuss ins Bad. Nach einer kalten Dusche fühlt sie sich besser. Das Handtuch um sich gewickelt und mit einem Turban auf dem Kopf tritt sie aus dem Bad. Jack steht am Türrahmen zur Küche und lächelt ihr zärtlich zu. Verlegen zieht sie ihr Badetuch fester um sich.

»Guten Morgen«, sagt sie leise.

Jack geht langsam auf sie zu. Er haucht ihr zärtlich einen Kuss auf die Nasenspitze. »Hast du gut geschlafen?«

Am liebsten hätte er sie in die Arme gerissen und sofort hier auf der Stelle geliebt. Unglaublich, was diese Frau in ihm auslöst. Er spürt seine Erregung. Jil stellte sich auf die Zehenspitzen und haucht ihm einen Kuss auf die Wange. Da ist es um seine Beherrschung geschehen. Er zieht sie in seine Arme und küsst sie leidenschaftlich. Jil schmiegt sich an ihn. Sie ist total aufgewühlt. Ihr ganzer Körper scheint zu vibrieren. Sie spürt sein Verlangen. Heftig erwidert sie seinen Kuss und streicht ihm sanft über seine Brust. Beide wissen, dass sie sich nun zurückziehen müssten – aber wieso eigentlich?

Jack nimmt Jil auf die Arme und trägt sie ins Schlafzimmer. Er legt sie aufs Bett und löst vorsichtig ihren Turban. Ihre langen, glänzenden, schwarzen Haare verteilen sich auf dem Kissen. Hastig zieht er sein Hemd über den Kopf und schmeisst es auf den Boden. Er steht mit seinen Jeans und nacktem Oberkörper neben dem Bett.

Jil beobachtet Jack. Was sie sieht, gefällt ihr. Sein muskulöser Oberkörper, die langen Beine in den engen Jeans. Fragend schaut er sie an. Sie ist dermassen erregt. Sie erhebt sich vom Bett, steht auf und lässt ihr Badetuch fallen. Jack atmet tief ein.

»Du bist wunderschön.«

Sie öffnet seine Jeans und zieht sie samt Slip nach unten. Hastig zieht Jack seine Socken aus. Jil nimmt in bei der Hand und zusammen lassen sie sich aufs Bett fallen. Sie küssen sich leidenschaftlich. Jil hat das Gefühl, ihr ganzer Körper brennt. Sie ist dermassen entflammt. Jack fährt mit seinen Lippen über ihre Brust und saugt sanft an ihrer Brustwarze. Sie stöhnt leise und wölbt ihm ihr Becken entgegen. Jack muss sich beherrschen. Sie küsst seinen Hals. Er ist dermassen erregt. Gemeinsam wälzen sie sich über das Bett und liebkosen sich gegenseitig am ganzen Körper. Jil hält es nicht mehr aus, rittlings setzt sie sich auf ihn und lässt sich langsam auf seine Härte gleiten. Jack zieht sie zu sich runter und bewegt sich vorsichtig in ihr. Er kann sich fast nicht mehr zurückhalten. Zu lange ist es her, seit er eine Frau geliebt hat. Jil ergeht es nicht anders. Kurz und heftig bewegt sie sich auf ihm, bis sie es nicht mehr aushält und sich stöhnend auf ihn fallen lässt. Jack explodiert in diesem Moment und gemeinsam erreichen sie den Höhepunkt.

Zärtlich streicht Jack Jils Kopf, der auf seiner Brust ruht. Er grinst wie ein Honigkuchenpferd. Endlich darf er seine Traumfrau aus Teenagerzeiten lieben und im Arm halten. Er ist überglücklich. Jil ist hin und weg. Sie wusste gar nicht mehr, wie schön Sex sein kann. Sie fühlt sich geborgen. Eine Träne kullert ihr die Wange herunter, so glücklich und entspannt fühlt sie sich.

Jack wischt ihr sanft die Träne weg und schaut sie erschrocken an. »Hab ich dir wehgetan?«

Zärtlich lächelt sie ihn an und schüttelt den Kopf. »Ich bin nur so glücklich!«

Sie kuscheln sich aneinander und halten sich fest. Plötzlich zuckt Jack zusammen. Mist, an ein Kondom hat er nicht gedacht! Er war so benebelt. Von ihm aus kann es auch gerne einschlagen. Er möchte Jil am liebsten morgen schon heiraten und ein Kind mit ihr grossziehen. Wie egoistisch von mir, schalt er sich. Er weiss ja nicht, wie Jil darüber denkt.

Joshua lacht aus vollem Hals. Mit seinem besten Freund Jamiro und noch vielen anderen Mädchen und Jungs sitzt er am Frühstückstisch. Jamiro hat soeben einen Witz erzählt. Joshua freut sich riesig auf den heutigen Tag, denn heute wollen sie ein Totem schnitzen. Das wird klasse.

Gestern Abend hat ihn sein Vater aus Christchurch angerufen. Er hat ihm erzählt, was er schon alles gesehen hat. Irgendwie hörte sich sein Vater jedoch ein wenig angespannt an. Als er ihn danach gefragt hat, erzählte er ihm, dass er mit Jil verabredet sei, diese jedoch bis jetzt nicht eingetroffen sei. Er mache sich Sorgen, dass etwas passiert sein könnte. Joshua hoffte, dass sie sich nur verspätet hat. Er gönnte es seinem Vater sehr. Insgeheim wünschte er sich auch eine Mom, die ihn umsorgen würde. Und die Zwillinge als Geschwister wären auch nicht zu verachten. Er hat sich schon lange ein Geschwister gewünscht. So bekäme er zwei auf einen Streich. Es wäre toll, eine grosse Familie zu sein.

Später hat ihn sein Dad nochmals angerufen, um ihm mitzuteilen, dass mit Jil alles in Ordnung sei, aber irgendwas mit ihrem Chef nicht stimme. Er werde es ihm dann erzählen, wenn er wieder nach Hause käme. Sie haben sich gesagt, wie lieb sie sich haben, und sich Gute Nacht gewünscht.

Joshua stupst seinen Freund an. »Komm, iss fertig, wir wollen endlich mit der Schnitzerei beginnen.«

Ramona steht mit Grandma in der Küche und hilft ihr, das Frühstück vorzubereiten. Ron werkelt bereits mit Grandpa in der Scheune. So früh ist ihr Bruder auch noch nie freiwillig aufgestanden. Sie wollen unbedingt bis zum Geburtstag von Jil ihr Kunstwerk fertigstellen.

»Gran, weisst du eigentlich, was die beiden basteln?«, fragt Ramona neugierig.

»Nein, mein Schatz, keine Ahnung. Es soll was ganz Besonderes für deine Mom werden.«

Ramona würde ja schon sehr gerne mehr wissen. »Ich hole sie dann mal zum Frühstück«, erwidert sie und huscht davon.

Jil würde am liebsten den ganzen Tag auf Jack liegen bleiben, doch leider wartet noch ein unangenehmer Termin auf sie. Zärtlich küsst sie Jack und erhebt sich. Nachdem sie sich unter der Dusche erneut geliebt haben, müssen sie sich sputen. Jack will sie gerne begleiten und fragt sie, ob sie damit einverstanden ist. Sie nimmt sein Angebot sehr gerne an, denn erst jetzt kommt ihr in den Sinn, dass ihr Auto immer noch vor der Firma geparkt steht. Am liebsten würde sie sich gar nicht mehr von ihm trennen.

Zusammen stehen sie in der Küche und können die Augen nicht voneinander lassen. Zärtlich füttert er sie mit einem frischen Brötchen und reicht ihr eine Tasse Kaffee.

Zum gemütlichen Frühstück reicht die Zeit nicht mehr aus. Sie müssen sich beeilen, wenn sie pünktlich ankommen wollen.

Als sie bereits im Auto sitzen, schaut Jil Jack entgeistert an und fragt ihn: »Wo hast du überhaupt dein neues Hemd her, und wann hast du die frischen Brötchen geholt?«

Jack schmunzelt nur. Sie stupst ihn spielerisch in die Seite.

Die Unterredung mit der Polizei ist gut verlaufen. Ihr Chef ist geständig und hat versichert, dass seine beiden Sekretärinnen nichts davon wussten. Jil und Leslie sind erleichtert. Sie dürfen ihre Sachen zusammenpacken und das Büro verlassen. Ihnen wird zugesichert, dass sie für sechs Monate ihr Gehalt bekommen.

Leslie umarmt Jil zum Abschied mit Tränen in den Augen und wünscht ihr alles Gute. Jil versichert ihr, dass sie sich bald wieder bei ihr melden wird. Leslie flüstert ihr ins Ohr: »Halte dir diesen geilen Typen warm.« Sie blinzelt ihr unter Tränen zu.

Jil und Jack packen alle ihre Habseligkeiten in ihr Auto und fahren hintereinander zurück zur Wohnung. Jack überlegt sich im Auto, wie es nun weitergehen soll. Die Kinder von Jil kommen nach den Ferien ins nächste Schuljahr, so wäre der Wechsel in die neue Schule sehr gut möglich. Joshua kommt nach den Ferien in die Sekundarschule und könnte die beiden sicherlich unterstützen. Ob er zu weit geht mit seinen Gedanken? Er will nichts überstürzen, obwohl er ihr am liebsten einen Heiratsantrag gemacht hätte. Er musste so lange auf seine Traumfrau warten, nun wollte er sie nicht mehr gehen lassen.

Jil ist total durcheinander. Nun ist ihr Wunsch, einen Tag mit Jack verbringen zu können, doch noch in Erfüllung gegangen, obwohl sie es natürlich so nicht wollte. Jetzt hat sie den Rest der Woche Zeit, sich zu überlegen, wie es weitergehen soll. Da sie sich schon länger einen Tapetenwechsel gewünscht hat und bisher den Mut dazu nicht hatte, ist sie jetzt dazu gezwungen. Am Sonntag kommen ihre Kinder aus den Ferien zurück. Bis dahin will sie einen Schritt weiter sein.

Sie stellt ihr Auto in die Einstellhalle. Jack sucht sich draussen einen freien Parkplatz und wartet vor der Eingangstüre auf sie. In diesem Moment schreitet Amelia aus der Wohnung. Sie will einkaufen gehen. Sie wartet auf den Lift und fährt bis ins Erdgeschoss. Als sich die Eingangstüre öffnet, steht plötzlich dieser gut aussehende Typ vor ihr. Sie erschreckt sich dermassen, dass sie taumelt.

Jack sieht eine ältere Dame aus dem Haus kommen und merkt dass diese unsicher auf den Beinen zu sein scheint. Er geht auf sie zu und will sie am Arm festhalten. Amelia schreit wie am Spiess, lässt ihre Tasche fallen und läuft so schnell es geht davon. Jack versteht nicht, was eigentlich los ist. Er hebt die Tasche auf und will ihr folgen.

Jil kommt aus dem Haus, sieht ihre Nachbarin kreischend davonhasten und Jack verdutzt mit deren Tasche vor dem Eingang stehen.

»Was ist denn hier los?« Sie eilt Frau Clark hinter her und ruft ihr zu, sie solle warten. Amelia dreht sich um und sieht ihre Nachbarin kommen.

»Frau Thomson, Frau Thomson, passen Sie auf! Ein Sittenstrolch steht vor der Tür. Er wollte mich anfassen und da bin ich gerannt, so rasch es mein Knie erlaubt. Sie wissen ja, mein Meniskus …«

»Sittenstrolch? Wie kommen Sie denn darauf?« Jil schaut ihre Nachbarin fragend an und denkt, ist die nun ganz durchgedreht?

Jack läuft den beiden entgegen, da fängt doch Frau Clark schon wieder an zu schreien und zieht Jil mit sich mit.

»Frau Clark, bleiben Sie doch stehen. Ich kenne diesen Mann. Er wird Ihnen bestimmt nichts tun.«

Abrupt bleibt Amelia stehen. »Was, Sie kennen ihn? Woher denn?«

Jack hat die beiden eingeholt. Ihm ist in der Zwischenzeit eingefallen, woher ihm diese Dame bekannt vorkommt.

»Ich möchte mich bei Ihnen entschuldigen. Ich wollte nicht aufdringlich erscheinen, als ich Ihnen zugewinkt und einen Kuss geschickt habe. Ich war nur gerade so aufgeregt und dachte mir, Sie müssen ja denken, der ist verrückt, wenn er schon zum neunten Mal hier vorbeifährt. Es tut mir leid. Meine Name ist Jack Scott, ich bin sehr erfreut, Ihre Bekanntschaft zu machen.«

Jack reicht Frau Clark ihre Tasche, nimmt ihre Hand und führt sie zu seinem Mund. Jil steht mit offenem Mund daneben und versteht nur Bahnhof. Frau Clark ist hocherfreut und strahlt über das ganze Gesicht.

»Ich habe wirklich gedacht, Sie seien ein Sittenstrolch, da ich Sie heute in aller Hergottsfrühe wegfahren sah. Es geht mich ja nichts an, aber Sie sind mir mehrmals aufgefallen. Ihr Auto ist aber auch sehr auffällig. Ich hatte einmal ein Fahrrad mit dieser Farbe. Wissen Sie, früher bin ich sehr viel Rad gefahren. Ich bin ….«

Jil will einfach nur weg. Sie überlegt sich, wie sie sich am elegantesten verabschieden könnten. Da kommt ihr eine Idee.

»Mein Gott, Jack, wir haben vergessen, dass wir dringend meine Kinder anrufen müssen. Sie warten sehnsüchtig auf unseren Anruf. Entschuldigen Sie die Unterbrechung, Frau Clark, aber wir müssen gehen. Wir wünschen Ihnen noch einen schönen Tag.«

Jil zieht Jack hinter sich her. Jetzt ist es an Jack, verwundert zu schauen. Er winkt Frau Clark zu und stolpert hinter Jil her.

»Wieso so eilig?«, fragt er Jil verdutzt.

»Komm einfach mit, erklär ich dir später.«

Sie verschwinden gemeinsam im Haus. Amelia steht mit wirrem Haar und glühenden Wangen auf der Strasse und winkt dem charmanten Herrn hinterher. Sie richtet ihr Haar und schreitet mit schwungvollem Schritt Richtung Einkaufszentrum.

Jil will nicht auf den Lift warten. Wer weiss, ob Frau Clark nicht plötzlich wieder im Eingang steht. Sie sprintet die Treppe hinauf. Jack folgt ihr lachend.

»Meine Güte, man könnte meinen, der Teufel sei hinter dir her!«

Jil öffnet ihre Wohnungstür und zieht Jack hinein. Sie schliesst die Tür, lehnt sich an und atmet tief durch.

»Geschafft! Kannst du mir erklären, was Frau Clark für wirres Zeug geredet hat?«

Jack nimmt Jil in den Arm und küsst sie zärtlich. Er nimmt ihre Hand und schreitet mit ihr ins Wohnzimmer. Er setzt sich auf die Couch und erklärt ihr vom Abend ihres ersten Dates.

Jil kichert vor sich hin. »Jetzt ist mir vieles klar. Typisch Frau Clark. Die hat sich wieder die reinste Gruselgeschichte daraus gereimt.«

»Aber sag du mir, wieso bist du so schnell geflüchtet?« Jack streicht Jil eine Strähne aus ihrem Gesicht.

»Och, du kennst sie nicht. Wenn die einmal zu erzählen beginnt, hört sie nicht mehr auf!«

Zärtlich legt Jack einen Arm um Jils Schultern und zieht sich an sich. Ich liebe diese Frau so sehr, denkt er.

Plötzlich verdüstert sich Jils Gesicht. »Was mache ich jetzt nur?«

Jack würde ihr am liebsten vorschlagen, sofort alles zu packen und zu ihm zu ziehen. Er will jedoch nicht zu voreilig sein. Ach, scheiss drauf, jetzt will er Nägel mit Köpfen machen. Sonst ist wieder alles verloren. Bevor er länger überlegt, hört er sich sagen: »Wieso kommst du nicht zu mir mit deinen Kindern?«

Jetzt ist es raus. Mit Bangen schaut er Jil an. Ob er sie jetzt erschreckt hat? Jil schaut ihn entgeistert an.

»Ich kann doch hier nicht alles stehen und liegen lassen. Ich muss Geld verdienen, die Kinder kommen ins nächste Schuljahr.«

Jack grinst sie an. »Na eben, du hast es gerade selber beantwortet. Die Kinder kommen in ein neues Schuljahr. Genau die richtige Zeit, um sich zu verändern. Du hast mir selber erzählt, dass du dich gerne verändern möchtest, lieber aufs Land ziehen willst und nicht weiterhin hier in der überbauten Siedlung leben willst. Arbeiten kannst du bei mir auch. Ich könnte noch eine Mami für Joshua gebrauchen.«

Was ist denn nur los mit ihm? Woher hat er plötzlich diesen Mut, so offen mit Jil zu sprechen? Er ist sehr überrascht darüber und als er Jil anschaut, steht ihr gerade eben die Kinnlade offen.

»Wir könnten uns näher kennenlernen. Ich habe so lange auf dich gewartet. Nun möchte ich dich nicht wieder verlieren.«

Er nimmt sie fester in den Arm und küsst sie zärtlich. Jil ist wie betäubt. Hat sie soeben richtig gehört? Jack bietet ihr an, sofort zu ihm zu ziehen und mit ihm zu leben? Vorsichtig schiebt sie ihn von sich weg und schaut ihm in die Augen.

»Wir müssen doch zuerst mit unseren Kindern reden. Danach sind da noch deine Mutter und meine Schwiegereltern.«

»Also, Joshua und meine Mom haben bestimmt nichts dagegen. Die freuen sich sogar! Und Betty erst recht!«

Jack schaut sie fragend an. Plötzlich kullern Jil die Tränen über die Wangen. Sie ist dermassen gerührt von dem Angebot. Jack erschrickt sehr.

»Entschuldige, ich war zu voreilig. Es tut mir leid. Ich wollte dich nicht überrumpeln. Ich rede wirres Zeug, vergiss es einfach.«

Jil springt hoch, setzt sich rittlings auf Jack und küsst ihn leidenschaftlich. Er erwidert ihren Kuss und streichelt sie zärtlich.

»Ron, Grandpa, jetzt kommt doch endlich. Wir wollen essen!«

Grandma hält sich erschrocken die Ohren zu. Ramona schreit ohrenbetäubend Richtung Werkstatt.

»Mein Gott, nicht so laut!«, ermahnt Grandma sie.

Grandpa und Ron treten ins Esszimmer und strahlen.

»Wir sind fertig, wir sind fertig!«, schreit Ron lautstark zurück.

»Lass sehen. Was ist es denn?«

Ramona ist sehr neugierig. Sie durfte zwar ein Stück Holz zuschneiden, aber es wurde ihr nicht verraten, für was.

»Zuerst wird gegessen, danach gehen wir alle vier in die Werkstatt.« Grandpa setzt sich an den Tisch und zwinkert Ramona zu.

»Och, ich bin so gespannt, ich habe keinen Hunger mehr«, schmollt sie.

»Ach was, schau doch mal, dieser leckere Gemüseauflauf, da wirst du dich doch noch ein wenig gedulden können. Und dein selbst gemachtes Dessert willst du den zwei Herren doch auch noch servieren.«

Grandma schaut Ramona lächelnd an. Jetzt kann auch Ramona wieder strahlen.

»Ja, ihr werdet Augen machen!«

Fröhlich essen sie gemeinsam ihr Mittagessen.

»Augen zu!«, schreit Ramona aus der Küche. »Ich komme jetzt mit dem Nachtisch.«

Langsam balancierend stolziert sie Richtung Esszimmer. In den Händen hält sie ein Servierbrett mit vier Glasschalen drauf. Grandma hält die Luft an. Hoffentlich geht alles gut und sie stolpert nicht. Geschafft, soeben stellt Ramona das Tablett auf den Tisch und verteilt jedem eine Schale.

»So, jetzt dürft ihr die Augen öffnen«, sagt sie stolz zu den beiden.

»Wow!« Ron ist begeistert. »Hast du das selber gemacht? Das sieht aber sehr lecker aus!«

Die Schale ist mit einer selber gemachten Kiwi-Creme gefüllt, obendrauf mit Sahne und einem Stück Schokolade garniert.

»Grandma hat mir ein wenig geholfen, aber gerührt und gemixt habe ich ganz alleine.«

Ramona ist stolz auf sich und hat sich vorgenommen, diese Creme auch einmal für ihre Mom zuzubereiten. Sie hat sich das Rezept aufgeschrieben und sich die Folge genau notiert.

Ron füllt seinen Löffel und steckt in den Mund. Grandpa macht es ihm nach. Er schleckt sich über die Lippen und sagt: »Das ist hervorragend, Ramona. Ich bin sehr stolz auf dich!« Ramona freut sich sehr über das Lob. »Hat es noch Nachschub?«

Ramona schaut vollkommen entgeistert zu ihrem Bruder. Jetzt hat er doch tatsächlich schon die ganze Schale in sich hineingeschaufelt. Sie springt auf, eilt in die Küche und kehrt mit einer Schüssel retour. Ron strahlt übers ganze Gesicht. Nachdem er seinen zweiten Nachtisch verschlungen hat, klopft er sich genüsslich auf den Bauch.

»So, können wir nun in die Werkstatt gehen?« Er springt vom Tisch auf und eilt voraus. »Ihr wartet draussen, bis ich euch rufe«, schreit er zurück.

Ramona sprintet ihrem Bruder hinterher. Grandma lächelt ihrem Mann zu. Er erhebt sich und nimmt seine Frau an der Hand. Gemeinsam folgen sie den Kindern.

»Alles paletti, ihr könnt reinkommen.«

Ramona öffnet vorsichtig die Tür und lässt einen Schrei los. »Cool, das wollten Mami und ich schon lange!« Sie hüpft wild hin und her.

Ron steht neben einem riesigen Totem. Ron ist sehr stolz auf sein Werk und freut sich riesig, dies seiner Mutter zu schenken.

»Wir dürfen es jetzt noch zusammen bunt anpinseln«, erklärt er seiner Schwester.

»Au ja, das wird toll!« Ramona klatscht in die Hände.

20

Jil strahlt übers ganze Gesicht. Sie sitzt mit Jack im Wohnzimmer und gemeinsam planen sie, wie es weitergehen soll. Jil fühlt sich sehr wohl und seit Langem wieder geborgen.

Jack will am Samstag erst mal alleine nach Hause fliegen und mit seiner Mutter und seinem Sohn sprechen. Er kann es immer noch nicht fassen. Jil liebt ihn, seine Teenagerträume sind in Erfüllung gegangen. Endlich haben sie sich gefunden und er kann mit ihr über seine Gefühle reden.

Fest drückt er sie an sich und haucht ihr einen Kuss auf das Haar. Sie erwidert seinen Druck und schmiegt sich an ihn. Er packt sie fester und tollt mit ihr auf dem Sofa herum. Erneut lieben sie sich leidenschaftlich.

Langsam ist es Zeit, sich auf den Weg zum Flughafen zu machen. Jil und Jack haben den Rest der Woche sehr intensiv zusammen verbracht. Viel geredet und noch mehr Zeit im Bett verbracht. Zwischendurch haben sie es sogar fertiggebracht, auch einmal etwas zu essen. Nun muss Jack Abschied nehmen. Obwohl er weiss, dass es nicht für lange sein wird, ist ihm sehr schlecht zumute. Am liebsten würde er Jil nicht mehr aus den Augen lassen. Jil begleitet ihn bis zum Fahrzeug und sie nehmen sich nochmals fest in die Arme.

»Ich rufe dich an, sobald ich zu Hause angekommen bin.«

Jil nickt und wischt verstohlen eine Träne weg. Er steigt ein und sie winken einander ein letztes Mal zu.

Jil geht Richtung Haus und sieht Frau Clark aus der Tür kommen. Schnell ändert sie die Richtung und eilt Richtung Strasse davon. Also nein, sie ist jetzt gar nicht aufgelegt, um mit Frau Clark zu schwatzen. Sie geht um die Strassenecke und wartet, bis sie Frau Clark in die andere Richtung davonschlurfen sieht. Eilig schreitet sie ins Haus und nimmt wie so oft die Treppe zu ihrer Wohnung. Sie geht hinein und schaut sich um. Bereits seit sechseinhalb Jahren lebt sie mit den Zwillingen hier. Trotzdem kann sie sich gut vorstellen, von hier wegzugehen. Ein bisschen mulmig ist ihr schon zumute. Wie werden ihre Kinder reagieren? Morgen kommen sie aus den Ferien zurück. Es gibt vieles zu erzählen. Die werden Augen machen!

Sie setzt sich an den Schreibtisch und schaut wie so oft auf das Foto ihres verstorbenen Mannes.

»Ich weiss, dass du dir gewünscht hast, dass ich oder auch du immer glücklich sein sollen und wieder einen Partner finden sollen, wenn der eine oder andere von uns früher gehen muss. Lange habe ich gebraucht, doch nun ist es geschehen. Du wirst jedoch immer einen festen Platz in meinem Herzen haben.«

Behutsam haucht sie einen Kuss auf das vergilbte Foto. Sie steht auf und verlässt das Büro.

»Grandma, erzählst du uns noch eine Gutenachtgeschichte?« Ramona steht mit bittendem Blick vor ihrer Grossmutter.

Grandma streicht ihr übers Haar. »Ja, aber danach wird geschlafen. Morgen fahrt ihr nach Hause, und wir wollen beizeiten aufbrechen.«

Ramona rennt voraus ins Kinderzimmer und erzählt Ron die freudige Mitteilung.

Jil sitzt im Wohnzimmer und sortiert ihre Fotos, als sie plötzlich beim Läuten des Telefons zusammenfährt. Sie meldet sich und freut sich, als Jack am Apparat ist.

»Ich bin soeben zu Hause angekommen. Alles in Ordnung hier. Mom hat mich schon erwartet. Ich werde mich jetzt mit ihr unterhalten. Ich vermisse dich schon so sehr.«

Jil strahlt übers ganze Gesicht. »Ich vermisse dich auch sehr. Bin gerade dabei, meine alten Fotografien zu sortieren, und habe ein Foto von dir auf dem Pferd gefunden.« Sie kichert.

»Oje, wie sehe ich aus? Habe ich das rote T-Shirt mit den weissen Streifen an, welches ich so geliebt habe?« Er lacht schelmisch.

Sie verabschieden sich. Jack verspricht, sie nach dem Gespräch mit seiner Mutter nochmals anzurufen.

Jil legt auf und sortiert weiter. Tatsächlich trägt Jack das genannte T-Shirt. Sie erinnert sich genau an diese Aufnahme. Jessy und sie streiften durch den Garten und fotografierten alles, was ihnen vor die Linse kam. Jack war alleine auf einem Ausritt und kam soeben auf den Hof geritten. Jessy rief nach ihm und Jil drückte auf den Auslöser, als er ihnen zuwinkte. Er stieg vom Pferd ab und lief zu ihnen.

»Was macht ihr so?«

Jessy gab ihm frech zur Antwort: »Das geht dich gar nichts an!«

Er schüttelte den Kopf und lief in Richtung Stallungen davon. Jil fragte Jessy, wieso sie ihren Bruder immer so stichelte.

»Sei doch froh, dass du überhaupt ein Geschwister hast. Ich hätte gerne auch eine Schwester oder einen Bruder.«

»Du hast doch mich, da brauchst du niemanden sonst«, antwortete Jessy keck. Sie fuhren danach mit dem Fotografieren fort, bis Betty zum Essen rief.

Jil erinnerte sich gerne an diese Zeit zurück. Ihre Kindheit war sehr schön, sie hatten viel Spass miteinander und sie liebte die Zeit bei den Scotts.

Langsam ist sie müde. Sie legt die Fotos auf die Seite und geht ins Bett. Sie nimmt ihr Buch und liest an der spannenden Geschichte weiter.

Jack sitzt mit seiner Mutter im Wohnzimmer. Sie trinken ein Glas Wein zusammen und er hat ihr soeben erzählt, wie er die Woche bei Jil erlebt hat. Grace ist überglücklich, wenn sie ihren Sohn anschaut. Er strahlt übers ganze Gesicht und sieht so glücklich aus. Sie freut sich über das, was ihr Jack erzählt. Von ihr aus kann Jil mit ihren Kindern morgen schon anreisen. Sie hat nichts dagegen. Endlich wieder was los in dem grossen Haus. Sie ist davon überzeugt, dass auch Joshua sich freuen wird. Er hat sich schon immer wieder eine liebe Mami gewünscht. Sie wollte nur das Beste für ihren Sohn und Enkel.

»Ich bin so froh für dich, Jack. Du hast es verdient, endlich einmal glücklich mit einer Frau zu sein. Meinen Segen hast du.«

»Danke, Mom.«

Jack nimmt seine Mutter in den Arm. Zusammen erheben sie sich und gehen zu Bett.

Jack sitzt auf seinem Bett und wählt die Nummer von Jil. Hoffentlich schläft sie noch nicht, überlegt er. Nach dem zweiten Läuten meldet sie sich.

»Ich hoffe, ich habe dich nicht geweckt?«

»Nein, ich bin noch am Lesen. Und was hat deine Mutter gesagt?«

Jil hält den Atem an. Auf keinen Fall würde sie zu Jack ziehen, wenn seine Mutter was dagegen hat.

»Och …«

Mein Gott, das klingt aber nicht gut, denkt Jil erschrocken. »Sie ist dagegen?«, fragt Jil leise.

Jack lacht laut ins Telefon. »Wollte dich nur veräppeln. Sie freut sich riesig für uns und heisst dich herzlich willkommen hier.«

Jil fällt ein Stein vom Herzen. »Warte nur, bis ich dich in die Finger kriege!«, erwidert sie streng.

»Au ja, da freue ich mich. Morgen früh kommt Joshua nach Hause und dann werde ich ihn fragen, was er dazu meint. Seine Meinung ist mir auch sehr wichtig, das habe ich dir ja bereits erzählt. Aber ich weiss jetzt schon, dass er sich freuen wird.«

»Ich hoffe es«, erwidert Jil schüchtern.

Sie plaudern noch eine ganze Stunde weiter, wünschen sich eine gute Nacht und legen dann auf. Jil macht sich Gedanken. Wie werden ihre Kinder reagieren? Fünf Minuten später ist sie auch schon eingeschlafen.

21

»Wir sind da, wir sind da.« Grandpa hat noch nicht einmal das Auto richtig parkiert, da reisst Ramona die Türe auf. »Halt, halt!«, schilt er sie. »Pass auf den Verkehr auf und warte, bis ich den Motor abgestellt habe.«

Ramona hüpft auf und ab. Sie freut sich so sehr auf ihre Mutter.

Grandpa stellt den Motor ab und schon flitzen Ramona und Ron Richtung Haus davon.

»Mom, Mom, wir sind wieder da!« Jil steht in der Türe und breitet die Arme aus. »Wir haben dich so vermisst.«

»Ich euch auch. Kommt rein. Ich habe Kuchen gebacken.«

»Juhui!«

Ron sprintet die Treppe hoch und Ramona hinten nach. Jil begrüsst ihre Schwiegereltern. Grandma schaut sie aufmerksam an.

»Du siehst glücklich aus, mein Kind.«

»Ich habe euch einiges zu erzählen. Aber lasst uns nach oben gehen.«

Sie nehmen den Lift und fahren hoch. Jil ist mulmig zumute. Wie werden ihre Schwiegereltern reagieren? Davor hat sie am meisten Angst.

Zuerst einmal essen sie gemütlich Kuchen und trinken eine Tasse Kaffee dazu. Ron und Ramona erzählen über ihre Abenteuer der Woche. Doch nach einiger Zeit ist es ihnen am Tisch zu langweilig und sie flitzen in ihr Zimmer. Jetzt ist die Gelegenheit, mit den Schwiegereltern zu reden.

Vorsichtig schildert Jil ihre vergangene Woche. Erstaunt hören sie ihr zu, als sie von der schlimmen Geschichte im Geschäft erzählt. Als sie dann auf Jack zu sprechen kommt, versucht sie ihre Worte mit Bedacht zu wählen.

»Mein Gott, Jil, red nicht um den heissen Brei herum. Wir brauchen dich nur anzuschauen. Du siehst so glücklich aus wie schon lange nicht mehr. Und du hast es verdient, nicht wahr, mein Schatz?« Grandpa streicht seiner Frau zärtlich über die Wange.

»Ja, da stimme ich voll und ganz zu. Aber wie geht es jetzt weiter?«

»Jack hat mich gefragt, ob ich mit den Kindern zu ihm ziehen möchte. Er hat bereits mit seiner Mutter gesprochen und sie ist einverstanden. Er will nun noch mit seinem Sohn sprechen und ich mit Ron und Ramona. Das neue Schuljahr fängt ja bald an.«

Die Schwiegereltern sehen sich an. Jil weiss genau, was in ihnen vorgeht. Das ist auch für sie der einzige Wermutstropfen. Sie wären dann ziemlich weit voneinander entfernt. Ein kurzer Besuch wäre unmöglich.

»Natürlich bin ich sehr traurig, dass wir dann so weit auseinander wohnen. Ich möchte auf keinen Fall den Kontakt zu euch verlieren. Das liegt mir schwer auf dem Herzen.« Jil schaut ihre Schwiegereltern traurig an. »Auch die Kinder müssen einverstanden sein.«

Grandpa gehen einige Gedanken durch den Kopf. »Du hast die Gelegenheit, wieder richtig glücklich zu werden. Mit einem lieben Mann und deinen Kindern. Da darfst du nicht an uns denken. Wir können euch ja jederzeit besuchen.«

Jil fällt ein Stein vom Herzen. »Ich bin so froh, dass ihr mich versteht. Ich liebe euch so sehr.« Sie nimmt beide in die Arme und weint ein bisschen.

»Was ist denn hier los? Grosses Kuscheln angesagt?« Ron steht in der Türe mit dem Cowboyhut auf dem Kopf und schaut verdattert in die Runde.

Jil wischt sich schnell die Tränen vom Gesicht.

»Wir müssen los.«

»Und deshalb kuschelt ihr?« Ron versteht die Erwachsenen manchmal nicht so ganz. Er rennt ins Zimmer und holt Ramona.

Grandma streicht Jil zärtlich über den Arm. »Es wird schon alles gut werden.«

Ramona klaut Ron den Hut und hüpft in die Küche. Ron angelt sich den Hut zurück und boxt sie leicht in die Seite. Sie verabschieden sich von ihren Grosseltern, bedanken sich nochmals für die schöne Woche. »Bis bald«, rufen sie und flitzen davon.

Jil begleitet sie zum Auto. »Ich danke euch so sehr für alles.«

Jil winkt ihnen zum Abschied nach und steigt die Treppe hoch. Könnten sie doch mitkommen! Das wäre ein Traum.

Als sie in die Wohnung zurückkehrt, steht Ron mit dem Telefon in der Hand da. »Hi, Jack, wie geht es dir? Ist Joshua auch da? Kann ich ihn kurz sprechen? Wir sind soeben von unseren Ferien bei den Grosseltern nach Hause gekommen. Das war eine tolle Woche. Wie hat es Joshua gefallen?«

»Gib mir bitte kurz deine Mom. Wir können danach noch reden.«

»Okay, ciao, bis später.« Lässig reicht Ron das Telefon seiner Mom weiter.

»Hi, mein Schatz. Ich vermisse dich so sehr. Ich nehme an, du hast noch gar nichts erzählt? Sind deine Schwiegereltern noch da?«

Jil erzählt ihm, dass sie schon gegangen sind. Danach weiss sie gar nicht mehr, was sie sagen soll, denn Ron steht mit verschränkten Armen vor ihr und wartet sehnsüchtig darauf, dass er mit Joshua sprechen kann. Er hat ihm so viel zu erzählen.

Sie versucht langsam, in Richtung Küche zu verschwinden. Doch Ron folgt ihr wie ein Entchen. Jack, hat sofort gemerkt, dass es gerade nicht günstig ist.

»Weisst du was, ich reiche das Telefon nun zuerst Joshua. Es sollen sich zuerst die zwei bequatschen. Ich rufe dich am Abend wieder an. Joshua ist erst vor einer Stunde nach Hause gekommen und ich konnte noch gar nichts erzählen, da er die ganze Zeit erzählt hat. Ich liebe dich so sehr.«

»Ich dich auch.«

»Joshua, komm einmal her, ich habe hier Ron in der Leitung. Also bis später, mein Liebling.«

Joshua kommt wie der Blitz gerannt. Cash springt bellend hinter ihm her. Jil hält ihrem Sohn lächelnd das Telefon entgegen. Er schnappt es sich und eilt ins Kinderzimmer davon.

Na ja, das kann länger dauern. Sie ist ziemlich aufgeregt und läuft in der Wohnung auf und ab. Plötzlich steht Ramona neben ihr.

»Was ist denn mit dir los, Mom? Ist etwas passiert?«

Typisch Ramona, denkt Jil. Sie ist so feinfühlig.

»Ja, du hast recht. Sobald Ron fertig telefoniert hat, möchte ich euch etwas erzählen.«

»Ron, Quasselstrippe, auflegen!«, brüllt Ramona lautstark. Sie rennt ins Kinderzimmer und gibt ihrem Bruder energisch Zeichen, dass er auflegen soll. Dieser winkt genervt ab und dreht ihr den Rücken zu. Ramona verdreht die Augen und geht zurück zu ihrer Mom.

Jil wäscht soeben das Geschirr vom Kaffeetisch ab. Ramona greift nach dem Abtrocknungstuch und trocknet ohne zu murren das Geschirr ab. Sie möchte endlich wissen, was hier vorgeht, und versucht ihre Mutter auszuhorchen.

Nach gefühlten zwei Stunden kommt Ron endlich in die Küche und reicht Ramona das Telefon.

»Joshua möchte dir auch noch Hallo sagen.«

Ramona nimmt den Hörer und merkt, wie ihre Wangen glühen.

Ron umarmt seine Mutter und flüstert: »Gehen wir sie bald besuchen? Joshua will mir zeigen, was er in seiner Überlebenswoche alles gelernt hat.«

Jil lächelt nur. Wenn ihr Sohn wüsste …

Endlich ist auch Ramona mit ihrem Gespräch fertig und legt das Telefon auf den Tisch.

»Wieso bist du denn so rot im Gesicht?« Ron grinst sie frech an. Ramona zeigt ihm den Vogel.

Jil hakt sich bei ihren zwei Kindern unter und zieht sie mit sich ins Wohnzimmer. »Setzt euch hin, ich habe etwas Wichtiges mit euch zu besprechen.«

Vorsichtig erzählt sie ihren Kindern von Jack und seinem Besuch. Von dem Durcheinander im Geschäft und dass sie keinen Job mehr hat. Die Kinder hängen mit offenen Mündern an ihren Lippen und können nicht fassen, was in einer Woche so alles geschehen konnte.

»Immer wenn wir nicht da sind, passieren die verrücktesten Dinge«, beklagt sich Ron.

»Und was machen wir nun, Mom?« Ramona ist sehr verunsichert.

»Jack hat mich gebeten, mit euch zu ihm zu ziehen.«

Jetzt war es raus. Gespannt wartet sie auf die Reaktion ihrer Kinder. Beide schauen sie völlig perplex an.

»Wie soll das gehen? Wir müssen doch in die Schule? Das ist jetzt aber nicht dein Ernst, oder?«

Jil nickt vorsichtig. »Ihr fangt doch nach den Ferien ein neues Schuljahr an. Da wäre der Zeitpunkt sehr gut gewählt.«

In diesem Moment geht ein Riesengeschrei los, Ron und Ramona tanzen durch das Wohnzimmer und jubeln in einem fort.

»Das heisst, wir dürfen immer auf dieser geilen Farm leben?«

Ron strahlt sie begeistert an. Dass sich die Kinder freuen würden, hat sie sich erhofft, aber dass sie dermassen ausflippen, hat sie sich nicht träumen lassen.

»Kinder, ihr müsst aber auch bedenken, dass ihr eure jetzigen Freunde nicht mehr so oft sehen könnt. Dass ihr in eine andere Schule kommen werdet.«

Kurz huscht ein Schatten über die Gesichter der Kinder.

»Ja, das ist wiederum doof. Darf Jamiro mich dann auch mal besuchen kommen?« Ron schaut seine Mutter fragend an.

»Natürlich, wenn er möchte und seine Eltern einverstanden sind, ist er jederzeit willkommen.«

Ron rennt in die Küche und schnappt nach dem Telefon. »Ich muss sofort Joshua anrufen. So geil, das wird genial.«

»Nein, warte.« Jil nimmt ihm das Telefon aus der Hand. »Jack will zuerst auch alleine mit Joshua darüber reden. Er muss damit einverstanden sein, ansonsten wird definitiv nichts aus dieser Idee.«

»Och, der hat mich schon mehrmals gefragt, ob wir nicht

für immer zu ihnen ziehen möchten. Er wird sicherlich nichts dagegen haben.«

Ron strahlt übers ganze Gesicht. Jil schaut sich ihre Tochter an. Sie ist plötzlich so ruhig geworden.

»Ramona, wie geht es dir bei diesem Gedanken?«, fragt Jil sanft.

Ramona ist wie versteinert. Nie hätte sie sich träumen lassen, dass sie eines Tages auf einer so tollen Farm leben würden und sie jeden Tag ausreiten und surfen kann. Sie kann es nicht fassen. Jil streicht ihr sanft über das Haar.

»Ach, Mami, das wäre zu schön, um wahr zu sein. Ich kann es nicht fassen!« Sie wirft sich in die Arme ihrer Mutter und vergiesst ein paar Tränen. Plötzlich stösst sie sich ruckartig von ihrer Mutter weg. »Aber was ist dann mit Grandma und Grandpa? Wie oft werden wir sie sehen?«

»Sie können uns so oft besuchen, wie sie möchten. Jack hat sogar bereits einen eigenen Bereich in seinem grossen Haus für sie vorgesehen.«

Die Kinder sind total aufgeregt und aus dem Häuschen. Jil ist erleichtert.

22

Die Kinder schlafen. Es hat sehr viel Überredungskunst gebraucht, sie endlich ins Bett zu bringen. Zu gross ist die Aufregung.

Jil sitzt im Wohnzimmer und hält eine Tasse Tee in den Händen. Aufgeregt wartet sie auf den Anruf von Jack. Schliesslich legt er sehr viel Wert auf die Meinung seines Sohnes und Jil ist gespannt, was er ihr zu erzählen hat.

Plötzlich schrillt das Telefon. Sie zuckt zusammen und meldet sich leise.

»Jil, hallo, hörst du mich?«

Jack hat nur ein Krächzen gehört. Er ist sehr aufgeregt. Wie haben wohl ihre Kinder die Neuigkeiten aufgenommen? Sein Sohn war hell begeistert und freut sich sehr. Ihm ist ein Stein vom Herzen gefallen. Die Meinung seines Sohnes war für ihn sehr wichtig. Nun erhofft er sich, auch von Jil ein positives Feedback zu hören.

»Ja, ich höre dich. Und, erzähl, wie ist dein Gespräch ausgefallen?« Jil umklammert das Telefon und hört ihr Herz schlagen.

»Nein, du zuerst.«

Jil erzählt ihm die Reaktion ihrer Kinder. Sein Grinsen wird immer breiter.

»Hallo, bist du noch dran?« Jil hört gar nichts mehr.

»Na klar, das tönt ja wunderbar.«

»Nun …« Jil möchte ihn am liebsten durchs Telefon boxen. So sag schon, denkt sie sich. Sie kann die Anspannung nicht mehr aushalten.

»Nun … dann bleibt dir wohl nichts anderes übrig, als eure Koffer zu packen. Joshua und ich können es nämlich kaum erwarten, euch hier begrüssen zu können.« Jack grinst übers ganze Gesicht.

Jil plumpst aufs Sofa. Erst jetzt hat sie gemerkt, dass sie die ganze Zeit im Wohnzimmer hin und her gelaufen ist. Sie kann es nicht fassen. Soll ihr Traum nun endlich in Erfüllung gehen? Wie sehr hat sie sich immer ein schönes Haus mit viel Land und einer grossen Familie gewünscht. Ihr Herz spielt verrückt, sie kann es nicht glauben.

Jack kann die Stille kaum aushalten. Wieso sagt sie nichts? Was ist los?

»Hallo?« Er drückt sein Telefon ganz fest an sein Ohr. Nichts zu hören. Ob sie doch nicht kommen will? »Bist du noch da?« Gespannt horcht er ins Telefon.

Jil schreckt aus ihren Gedanken hoch. »Oh, natürlich, Entschuldigung. Ich bin nur so …« Jack wartet ungeduldig auf ihre Antwort. »Ich bin total aufgeregt und überwältigt. Das habe ich mir immer so sehr gewünscht.«

Endlich! Jack fällt rückwärts auf sein Bett. Sie will also wirklich zu ihm kommen. Er kann es nicht glauben. Sein grösster Wunsch geht endlich in Erfüllung.

Epilog

Jil liegt unter den grossen Ulmen in der Hängematte und singt ein Kinderlied. Im Arm hält sie die kleine Samantha, welche genüsslich an ihrer Brust saugt.

Neben der Terrasse steht das Totem, welches die Kinder ihr zum Geburtstag geschenkt haben. Sie hat sich riesig darüber gefreut und findet es natürlich herrlich, dass dies nun an einem so schönen Ort stehen darf und sie es täglich betrachten kann.

Jack kommt soeben mit Joshua, Ron und Ramona von einem Ausritt zurück und winkt ihr von Weitem zu.

Bald feiern sie ihren ersten Hochzeitstag. Sie ist überglücklich und hat sich hier sehr gut eingelebt. Die Kinder fühlen sich wohl in der neuen Klasse und haben schon viele Freunde gefunden. Ramona hat sich sehr über ihre kleine Schwester gefreut. Endlich erhält sie weibliche Unterstützung und ist nicht mehr das einzige Mädchen.

Samantha ist ein sehr braves Baby und meistens gut gelaunt. Auch sie merkt, wie ausgeglichen und zufrieden ihre Mutter ist. Es ist ein grosses Glück, so viel Freude jeden Tag erleben zu dürfen und sich über Geld keine Sorgen machen zu müssen. Jil geht in ihrer neuen Mutterrolle voll auf. Jack und sie lieben sich über alles und die Zuneigung wird von Tag zu Tag stärker.

Ihre Schwiegereltern Emily und Mike haben sich entschieden, zu ihnen in die Nähe zu ziehen. Der Abstand zueinander war zu weit und ihnen fehlte der Kontakt zu den Kindern. Sie wohnen nun nur knapp eine halbe Autostunde von ihnen entfernt, lieben die ganze Rasselbande und besuchen sie oft.

Jessy hat sich sehr gefreut für Jil und Ron. Immer wenn es ihr langweilig wird, besucht sie die grosse Familie und entführt Jil ab und an zu einem Bummel unter Frauen in die Stadt. Momentan ist sie wieder auf Reisen und hat gestern angerufen, dass sie nächste Woche nach Hause kommt und zuerst einen Abstecher zu ihnen machen wird. Sie will ihr Patenkind Samantha unbedingt in die Arme schliessen.

Grace, die Mutter von Jack, ist richtig aufgeblüht und freut sich jedes Mal, wenn sie für kurze Zeit die kleine Samantha umsorgen darf. Endlich ist wieder etwas los in diesem grossen Haus. Gelegentlich entführt Jack Jil auf einen Ausflug zu zweit, dann kümmert sie sich gerne um die ganze Kinderschar.

Betty kommt soeben mit einem grossen Schokoladenkuchen aus der Küche auf die Terrasse geschlurft. Jil schaut ihr lächelnd entgegen.

»Verwöhnst du uns schon wieder mit deinem köstlichen Schokoladenkuchen? Warte nur, bis die Kinder dich sehen, dann geht das Gerangel los.«

»Ja mei, das will ich doch hoffen.«

Sie strahlt übers ganze Gesicht und winkt Richtung Stall. Die Kinder haben sie schon gesehen und kommen mit lautem Gejohle, begleitet von Hundegebell, zum Haus gerannt. Samantha öffnet ganz verdutzt ihre grossen schwarzen Kulleraugen. Jack schliesst sich den Kindern an und rennt an ihnen vorbei, um als Erster am Tisch anzukommen. Jil strahlt ihm entgegen. Sie ist überglücklich und liebt ihren Mann über alles. Trotz des Kuchens nimmt er sie zuerst in die Arme und küsst sie zärtlich. Vorsichtig haucht er der kleinen Samantha einen Kuss auf den schwarzen, flaumigen Kopf. Samantha guckt ihn an und lächelt. Die Kinder haben sich alle an den Tisch gesetzt und greifen nach dem Kuchen.

»Halt, ihr Rabauken, zuerst wascht ihr euch die Hände, und du, Jack, kannst dich gleich anschliessen.« Betty fuchtelt streng mit dem Kuchenmesser durch die Luft.